LES

BOUDOIRS DE PARIS

V

Imprimerie de Ducessois, 55, quai des Augustins.

LES
BOUDOIRS
DE PARIS

PAR

LE DUC D'ABRANTÈS.

TOME CINQUIÈME.

PARIS,
COMPTOIR DES IMPRIMEURS-UNIS,

15, QUAI MALAQUAIS.

1846.

CHAPITRE PREMIER.

Il est assez divertissant de voir de temps en temps les maris prendre leur revanche sur les amants, et se dédommager, par quelque bon tour, de ceux qu'ils sont obligés d'essuyer. Un homme très-haut placé sous l'Empire s'est donné cette petite satisfaction ; et il a eu le double plaisir de se moquer de ceux qui croyaient le tromper, et de faire un excellent marché. On pourra peut-être reprocher à son procédé de n'être pas des plus délicats. Cela le regarde. Moi, historien fidèle, je n'y puis rien. Le fait est plaisant, je le raconte : voilà tout.

Le comte R... de S.-J... d'A... avait pour femme une des plus belles personnes de la cour impériale. Le comte R... n'était pas très-jeune, et il aurait été ridicule de sa part de demander qu'on l'aimât pour lui-même. Une jeune femme fait assez peu de cas du mérite intrinsèque d'un mari, quand ce mérite se réduit à une grande aptitude au travail, à une science plus ou moins profonde des lois et des affaires ; et ce qui, aux yeux de l'Empereur, faisait du comte R... un homme distingué et vraiment utile, n'était pas de nature à charmer beaucoup madame la comtesse R... On prétend, du reste, que l'appréciation que le grand homme faisait du mari ne l'empêcha point de s'apercevoir du mérite de la femme, et que madame la comtesse R... eut les honneurs plus ou moins prolongés du favoritisme. Mais ce n'est pas de cela qu'il est question.

Le prince M..., qui remplissait à Paris des fonctions diplomatiques, devint amoureux de la belle comtesse; et comme, malgré ses talents de diplomate et d'homme d'état, il était en même temps homme du monde, et des plus agréables, la comtesse R... ne se montra pas cruelle. Le prince M... fut heureux.

Un jour — je ne sais trop jusqu'à quel

point ce que je vais raconter se pratique chez les gens qui sont de bonne compagnie *pur sang*, mais, comme on dit, « la caque sent toujours le hareng, »—un jour donc, la comtesse R..., qui avait vu chez Foncier un magnifique collier de perles, lequel valait au moins trente mille francs, confia, dans le tête-à-tête, au prince M..., qu'elle serait la femme la plus heureuse du monde si elle avait le bienheureux collier. Pour un galant homme, un désir de la femme qu'il aime, ou même qu'il possède, est un ordre qu'il accomplit toujours avec joie quand il le peut. Rien n'était plus facile au prince M... que de faire l'acquisition du collier tant désiré, et de combler ainsi les vœux de sa belle amie; mais là difficulté était autre part. R..., qui n'était point prodigue, tout en donnant à sa femme ce qui lui suffisait pour paraître d'une manière convenable au rang qu'il occupait, n'aurait pu croire un seul instant que la comtesse, qui dépensait au moins la somme affectée à sa toilette, eût fait des économies assez considérables pour être en état d'acheter un collier de trente mille francs. R... n'était pas un Sganarelle à qui l'on pût faire croire tout ce que l'on voudrait. La générosité du magnifique diplomate se trouvait donc paralysée par un obstacle qui paraissait insurmontable. La belle comtesse ne pouvait se consoler en songeant qu'un jour ou l'autre elle verrait, au cercle des Tuileries, sur le cou d'une autre femme, d'une rivale peut-être, ce collier, objet de toute son ambition. En vain le prince lui avait dit : Cherchez un moyen d'arranger la chose, et je suis à vos ordres. La pauvre madame R... n'avait pas inventé la poudre : elle se cassait la tête à chercher, et elle ne trouvait rien. Enfin, un jour, l'aimable prince M... entra chez elle rayonnant. — Qu'avez-vous donc? lui dit madame R..., on dirait que vous venez de jouer sous jambe l'Empereur, M. de Talleyrand et tout ce qui s'ensuit.

— Ce ne serait rien, répondit obligeamment le diplomate, qui ne disait sans doute pas ce qu'il pensait; j'ai fait mieux que cela : j'ai trouvé un moyen de vous offrir ce collier dont vous aviez une si grande envie.

— Le collier de perles de Foncier? s'écria la comtesse.

— Le collier de perles de Foncier, dit le prince, et voici comment. Il est incontestable que si votre mari trouvait à faire un excellent marché en vous faisant un

cadeau qui vous plût beaucoup, il n'hé-
siterait pas un seul instant.

— Je le crois, dit madame R...

— Par exemple, continua le prince, s'il
lui était démontré que la valeur intrinsèque d'un objet qu'on lui proposerait à
bas prix est de trois ou quatre fois ce prix,
il est probable qu'il en ferait immédiatement l'acquisition, quelque inutile qu'il
jugeât cette acquisition en elle-même.

— Sans aucun doute, répondit la comtesse, qui était sur des charbons ardents
en attendant que le prince lui expliquât
d'une manière nette et précise comment il
comptait la faire arriver en possession du
collier.

— Eh bien, poursuivit M. de M..., tout
est pour le mieux. Je viens de passer chez
Foncier, qui m'est tout dévoué. Je me
suis arrangé avec lui : demain il se pré-

sentera chez vous à l'heure de votre déjeuner ; il vous fera voir le collier, et
l'offrira au comte pour un morceau de
pain. Ne manquez pas de faire ressortir
l'extraordinaire du bon marché. Foncier, d'ailleurs, jouera son rôle en habile
homme. M. R... ne pourra se refuser à
vous faire un présent qui sera pour lui
une bonne affaire. De cette façon, ma
chère amie, j'aurai eu le plaisir de contribuer à l'accomplissement du désir que
vous m'avez manifesté, plaisir qui sera
sans doute mêlé de quelques regrets à
cause de l'associé que je suis obligé de
me donner dans cette occasion ; mais enfin,
que voulez-vous ? on fait ce que l'on peut.

Madame R... ne trouvait pas d'expres-
sions pour témoigner sa reconnaissance
à l'aimable diplomate. Vingt fois dans la
soirée elle faillit se trahir en parlant du

collier qui occupait toutes ses pensées; pourtant il ne lui échappa rien qui pût révéler le complot, et, le lendemain, elle joua la surprise avec assez de bonheur quand Foncier fit son entrée.

— Je sors d'une maison où l'on m'a confié une bien belle chose, dit-il à R... de S.-J. d'A...; je suis chargé de la vendre : comme je connais tout l'écrin de madame la comtesse, et que je sais que c'est un objet qui lui manque, j'ai cru lui être agréable en venant le lui proposer. C'est une occasion; il faut en profiter, monsieur le comte.

— Hum! fit R..., vous avez toujours des occasions comme cela, vous autres. Si l'on vous écoutait, on se ruinerait.

— Vous ne vous ruinerez pas en faisant le marché que je vous propose, dit Foncier en souriant. Vous allez voir.

Il ouvrit une petite cassette, et en tira le collier.

— Comment trouvez-vous cela? dit-il en étalant le bijou et en le faisant valoir avec cet art que possèdent si bien les hommes spéciaux pour rehausser leurs marchandises.

Madame R... fit un cri d'admiration. Jamais le collier ne lui avait semblé si beau. Son cœur battait de désir, et peut-être aussi de crainte.

R... jeta un coup-d'œil de connaisseur et de mari sur cette merveille. Il ne prodigua pas les marques d'enthousiasme ; il se contenta de dire :

— Cela me paraît fort beau, trop beau pour nous : il faut montrer cela à l'Impératrice : cela doit valoir des rançons de roi.

— Peut-être, dit Foncier.

— Et... combien, encore? hasarda d'une voix émue madame R...

— Me demandez-vous ce que vaut le collier, dit Foncier, ou bien ce que l'on veut en avoir?

— Parbleu! dit R..., on veut en avoir ce qu'il vaut, probablement?

— Peut-être, répéta le bijoutier.

— Et combien vaut-il? dit la comtesse.

— S'il était dans mon magasin, dit Foncier, je ne le donnerais pas à moins de trente mille francs.

— Trente mille francs! s'écria R... êtes-vous fou?

— Mais il n'est pas dans mon magasin, répliqua le marchand, et si vous saviez pour quel prix on le cède!...

— Oui, dit R..., une occasion! je connais cela; on dit: Donnez-moi vingt-cinq mille francs, et vous l'aurez. Nous ne sommes pas assez riches pour faire de pareilles folies.

— Ce ne serait pas une folie de l'acheter vingt-cinq mille francs, dit le bijoutier; mais ce serait faire l'action d'un homme sage de ne pas laisser échapper l'occasion qui se présente en faisant l'acquisition d'un bijou qui vaut trente mille francs — vous pouvez le faire voir — pour deux mille écus que l'on en demande.

— Deux mille écus ! s'écria R...; on l'a donc volé?

— J'en réponds, dit Foncier : il n'y a pas de crainte à avoir de ce côté-là.

— Mon ami, dit la comtesse, entendez-vous? deux mille écus !

— Et vous m'assurez qu'il vaut trente mille francs? dit R..., à Foncier.

— Faites-le estimer, monsieur le comte; si un seul de mes confrères vous dit mille écus de moins, je le donne pour rien à mes risques et périls. Je vous donne ma parole d'honneur qu'il vaut trente mille francs comme un louis.

Foncier était un très-honnête homme ; R... de S.-J. d'A... le savait : il réfléchit un instant ; puis, se tournant vers sa femme :

—Vous seriez bien heureuse sans doute, lui dit-il avec un sourire, d'avoir ce collier ?

Madame R... ne répondit qu'en jetant sur le collier un regard de désir, et sur son mari un regard de supplication, qui étaient tous deux également significatifs.

R... sourit de nouveau, entra dans son cabinet, revint au bout de quelques minutes, et dit en remettant à Foncier trois rouleaux de cent napoléons :

— Donnez donc ce collier à madame,

monsieur Foncier; c'est une folie, mais cela lui fait tant de plaisir que je n'ai pas le courage de le lui refuser.

Le bon bijoutier rit dans sa barbe de cette petite fausseté conjugale qui, pour ne pas établir un fâcheux précédent, semblait déplorer la folie qu'on lui faisait faire en lui donnant un magnifique bijou pour le cinquième de sa valeur; il donna le collier à l'heureuse madame R..., et alla tout droit rendre compte au prince de M... du succès de sa démarche.

Tout le monde était content :

Foncier, qui, s'il avait échoué, ne vendait pas son collier au prince, lequel n'en eût su que faire;

Le prince, qui faisait plaisir à une femme qu'il aimait, et qui jouait un assez bon tour au mari;

La comtesse, qui était au comble de ses

vœux, et qui ne se lassait pas de contempler son cher collier;

Enfin, R... lui-même, soit que, de bonne foi, il crût avoir fait un marché d'or; soit qu'il eût soupçonné la vérité, et qu'il méditât déjà la petite vengeance qu'il voulait tirer des coupables.

Madame R... attendait avec une impatience bien naturelle le premier jour de cercle à la cour pour faire admirer le collier, qui était vraiment admirable. Elle était en extase devant le précieux bijou, comme un dévot devant une sainte relique.

Un matin, pendant qu'elle le contemplait avec amour, R... entra dans son appartement et lui dit en riant:

— Voulez-vous, ma chère, avoir la complaisance de me confier votre collier?

il y a quelqu'un chez moi à qui je serais bien aise de le faire voir.

Madame R..., fière par avance de l'admiration qu'allait exciter son collier, le remit à son mari, non sans le lui recommander comme elle lui aurait recommandé son enfant, et R... s'éloigna emportant le collier de perles, et sans que la comtesse s'aperçût de l'air radieux qui illuminait sa physionomie, ordinairement grave et sévère.

Au bout d'une demi-heure, le comte rentra dans l'appartement de sa femme. Cette fois, madame R... ne put retenir une exclamation causée par l'air triomphant empreint sur le visage de son mari.

— Vous êtes bien joyeux! lui dit-elle; que vous est-il donc arrivé?

— Joyeux! s'écria R...; on le serait à

moins. Je viens de gagner vingt-quatre mille francs.

Madame R... pâlit de pressentiment.

— M'avez-vous rapporté mon collier? dit-elle d'une voix émue.

— Je vous ai rapporté un collier, dit R... en se frottant les mains : le voilà.

En parlant ainsi, il étalait avec complaisance devant sa femme un charmant collier de pierres de couleur.

Madame R... poussa un cri douloureux.

— Mon collier! s'écria-t-elle; qu'en avez-vous fait, monsieur?

— Ma foi, dit R... d'un air calme, j'espère que vous m'approuverez : nous avions fait une bonne affaire; j'ai voulu savoir jusqu'à quel point Foncier m'avait dit la vérité. J'ai fait venir Bapst, à qui j'ai montré votre collier, et j'ai acquis la certitude

que ce digne Foncier ne nous avait pas
abusés. Au premier coup-d'œil, Bapst
m'en a offert trente mille francs. Vous
pensez bien que je n'ai pas été assez sot
pour refuser. Mais, comme je ne voulais
pas que vous y perdissiez, je lui ai acheté
celui-ci, qui est fort beau, fort convenable, et qui ne fera pas sensation comme
l'autre n'eût pas manqué de le faire, ce qui,
entre nous, me paraît préférable sous tous
les rapports. Votre collier de perles de
trente mille francs était un bijou princier;
celui-ci est un bijou comme peut en porter une femme de votre rang et de votre
fortune. Quand vous vous seriez présentée
avec l'autre, on n'aurait pas manqué de
vous dire : Mon Dieu! quel beau collier!
d'où vous vient-il? Et il eût fallu conter
toute une histoire. Tandis que celui-ci
n'excitera ni l'envie ni la curiosité; et si

l'on vous adresse à ce sujet quelque question indiscrète, vous serez parfaitement à votre aise pour répondre : « Mais, ce collier, c'est une chose toute simple ; c'est un cadeau de mon mari. »

Il n'y avait pas à se méprendre sur l'intention qu'avait eue le comte en prononçant ces derniers mots. Madame R... comprit tout de suite ou qu'elle avait été trahie, ou que R., qui était, du reste, fin comme l'ambre, avait deviné l'enclouure. Elle ne répondit pas une syllabe, et se contenta de déplorer en silence la perte de son cher collier.

R... aurait tous les honneurs de cette anecdote, si le prince de M... n'avait pas été autorisé à dire quand il le rencontrait :

— Voilà un homme dont j'ai eu la

femme, et qui s'en est consolé en m'escro-
quant vingt-quatre mille francs.

Cette histoire, qui pourrait figurer dans
les preuves tendant à établir que tous les
maris ne sont pas des Georges Dandin,
m'en rappelle une autre qui se passa à
peu près à la même époque, et dans laquelle le mari, qui joue le rôle d'un Lovelace, se servit merveilleusement de sa
femme pour arriver à ses fins.

Le marquis d'A..., qui, sous l'Empire,
ne portait que le titre de comte, comme
tous les marquis de l'ancienne noblesse
qui avaient été obligés de se *démarquiser*
pour se rallier à l'Empereur, avait une
femme assez jolie, mais quelque peu niaise.
Le comte d'A... ne se piquait pas d'une
très-grande fidélité. Quand madame d'A...
s'apercevait des trahisons que se permettait fréquemment son mari, c'était un

désespoir inconcevable. Heureusement pour M. d'A..., la perspicacité de sa femme était souvent en défaut ; mais il ne lui arrivait pas toujours de trouver autant de facilités du côté où il portait ses hommages. Plus d'une fois il rencontra des maris jaloux, des pères et des frères qui mirent dans son chemin des obstacles souvent infranchissables ; mais rien ne l'arrêtait. Il s'attaquait aux femmes dont les maris avaient la réputation de jalousie la mieux établie, avec autant d'assurance que si elles eussent été veuves.

La comtesse d'A... avait été élevée à Écouen. Son amie la plus chère était une certaine madame D..., dont le mari, qui occupait un poste assez élevé au ministère des finances, était le type par excellence du jaloux de la cinquième variété. Madame D... était ravissante. **Le comte** d'A... en devint amoureux, et, soit que la petite D... trouvât plaisant de tromper à la fois son mari et son amie intime, soit que M. d'A... lui eût réellement plu, elle écouta favorablement la déclaration qu'il lui fit de ses sentiments. La naïve madame d'A... était trop candide pour soupçonner son amie; elle ne s'alarmait donc pas de la familiarité qui s'était établie entre celle-ci et M. d'A...; mais D... n'y mettait pas tant de complaisance. Madame D... était surveillée comme ne le sont pas les femmes du sérail à Constantinople. Il est certain que si M. D... l'eût osé, il eût fait servir sa femme par des eunuques, et encore est-il probable qu'il eût soumis ceux-ci à une contre-police.

Fatigué d'être obligé d'avoir recours à des ruses qui réussissaient plus ou moins bien, M. d'A... conçut un projet dont l'exécution était périlleuse, mais dont le succès justifia l'audace.

Un jour il prit à part madame d'A..., et lui dit d'un air grave et tout à fait marital :

— Tu aimes beaucoup Hortense, n'est-il pas vrai ? — Hortense était le nom de madame D...

— Comme une sœur, dit madame d'A...

— Est-elle heureuse dans son ménage ? poursuivit M. d'A... avec l'air indifférent d'un homme qui parle de choses qui l'intéressent peu.

— Pas trop, dit la comtesse.

— Ah ! fit M. d'A..., son mari ne l'aime donc pas ?

— Mais, il n'y a pas d'excès, dit en riant madame d'A...

— Pauvre femme ! elle l'aime peut-être beaucoup ?

Madame d'A... se mit à rire.

— De quoi ris-tu? dit le comte.

— De ce que vous venez de dire.

— A la bonne heure : c'était là ce que je voulais savoir. Maintenant, je te demande pour la seconde fois si tu aimes bien Hortense, et si tu es fâchée de la savoir malheureuse.

— Je l'aime de toute mon âme, et je donnerais tout au monde pour assurer son bonheur.

— Eh bien, dit M. d'A..., nous pouvons peut-être y contribuer. Je sais que ce que je vais te dire n'est pas très-bien, à un certain point de vue; mais cette pauvre Hortense est si bonne, D... est un si grand ours, que je crois pouvoir sans scrupules te proposer de la servir Je suis le confident, depuis hier, de notre ami L... Il aime Hortense, et il en est aimé. L... s'est jeté à mes pieds pour me supplier de te faire consentir à ce qu'ils désirent. Ce serait que nous invitassions D... et sa femme à venir passer la journée à Auteuil. D... ne pourra venir qu'à l'heure du dîner. Hortense arriverait pour déjeuner. L... y serait comme par hasard, et ces pauvres enfants se verraient au moins pendant quelques heures. S'il n'y avait besoin que de mon consentement, la chose irait toute seule; mais j'ai représenté à L... que je ne pouvais t'engager à jouer un rôle pareil. Il m'a paru tellement exalté, que j'ai fini par croire que mieux valait prêter les mains à une entrevue, innocente, après tout, que de laisser ce pauvre jeune homme faire un coup de tête qui perdrait ton amie.

Madame d'A... ne répondait rien : elle était devenue rouge comme une cerise.

Malgré sa simplicité, elle sentait qu'il ne convenait pas à une femme de son âge et de sa position de faire ce que lui proposait son mari. Cependant elle aimait tendrement Hortense, et la fin du discours de M. d'A... avait troublé cette pauvre tête. Elle voyait déjà L... enlevant madame D... ou se brûlant la cervelle sous ses fenêtres.

— Mon ami, dit-elle enfin, c'est mal ce que nous demande M. L..., mais, je vous en prie, voyons un peu ce qu'il y a à faire.

— Avec la jalousie de D..., dit froidement M. d'A..., il n'y a pas d'autre parti à prendre que celui dont je vous parlais, ou bien il faut laisser L... faire un coup de sa tête.

— Et Hortense qui ne m'a jamais parlé de cela ! dit naïvement madame d'A...

— Elle n'avait garde, dit le comte ;

elle ne sait pas même que L... m'en a fait confidence.

— Elle dîne ce soir chez nous, dit madame d'A...

— Je le sais, je l'ai dit à L... qui, dans le cas où tu consentirais à leur venir en aide, m'a donné une lettre qu'il m'a prié de remettre à Hortense. — La voilà, ajouta-t-il en tirant de sa poche une lettre sous enveloppe qui ne portait pas de suscription.

— Il n'y a pas d'adresse, dit la bonne comtesse.

— Parbleu, dit M. d'A..., une lettre peut se perdre. Un mari peut la trouver; et dans ce cas il n'est pas plus avancé qu'auparavant, si l'enveloppe ne porte aucune adresse, s'il n'y a pas dans la lettre un nom ni un mot qui puissent faire soupçonner qui écrit et à qui l'on écrit.

— Vous êtes bien savant sur ce chapitre, dit timidement madame d'A..., qui crut de bonne foi s'être permis une grande témérité, et qui demeura toute confuse de sa hardiesse.

Le comte s'en aperçut et résolut de profiter de l'ascendant que lui donnait cet incident pour emporter le consentement de la comtesse.

— C'est cela, dit-il, querellez-moi à propos de bottes! Savez-vous bien que vous êtes aussi jalouse que cet animal de D... J'ai envie de faire la cour à sa femme pour vous punir tous les deux à la fois.

Madame d'A... tressaillit. Le coup que venait de jouer M. d'A... était hardi, mais il avait réussi.

— Cette pauvre Hortense, dit madame d'A..., ne trouvant pas de meilleure transition pour rompre les chiens, que je voudrais la voir heureuse !

— Il dépend de vous qu'elle le soit, dit le comte. Mettez le préjugé de côté, et venez en aide à votre amie.

Bref, la victoire resta à M. d'A... Il est inutile de dire que L... était un compère. La partie d'Auteuil eut lieu ; M. d'A... proposa une promenade dans le parc. Quand on fut près d'un certain pavillon qui servait de salon de musique et de travail, Hortense y entra sous prétexte qu'elle était fatiguée. L... monta en cabriolet à la grille, et madame d'A... le vit avec une joie toute naïve tourner au bout de l'avenue pour faire le tour du parc et rentrer dans le pavillon sans qu'on pût s'en douter au château : de loin elle vit le cabriolet s'arrêter, L... en descendre, le cabriolet se retourner, puis repartir emmenant un homme qu'elle y avait vu monter. Pour elle, cet homme était M. d'A... qui devait laisser L... auprès d'Hortense et emmener son cabriolet. Dans la réalité, c'était parfaitement L... qui remontait dans sa voiture, laissant l'heureux M. d'A... se livrer à ses amours sous la sauvegarde de sa femme.

Cette liaison dura longtemps. Hortense aimait beaucoup la toilette. Comme D..., bien qu'à son aise, ne pouvait lui donner tout ce qu'elle aurait désiré, elle avait la faiblesse d'accepter les présents de M. d'A... qui, jouissant d'une grande fortune, pouvait satisfaire les fantaisies de madame D... Le bon L... était toujours là comme plastron vis-à-vis de la comtesse, comme celle-ci était responsable

auprès du jaloux M. D... Ainsi, quand
Hortense avait envie d'un bijou ou d'un
chiffon, M. d'A... allait trouver sa femme
et lui disait :

— L... m'a chargé de te prier de passer chez Foncier ou chez Versepuy et d'y
choisir telle parure ou telle étoffe : en
voilà le prix.

Et la bonne madame d'A... allait chez
Foncier et chez Versepuy acheter ce qu'on
lui avait désigné.

Quelques jours après, arrivait D... en
robe détroussée, qui venait faire des re-
merciments à madame la comtesse pour
le joli bijou ou la jolie robe dont elle
avait fait présent à sa femme, et cela en
termes tellement sérieux que toutes ces
actions de grâces confusionnaient on ne
peut plus la pauvre madame d'A... qui ne
trouvait pas autre chose à répondre que :

— Certainement... Hortense... l'amitié... Je lui suis très-attachée.

Et M. d'A... de rire comme un bienheureux de tout cela avec Hortense.

Quelquefois madame d'A... se permettait une petite réflexion.

— Je ne croyais pas M. L... si riche, dit-elle un jour à son mari.

— Je crois qu'il se ruine, dit gravement le comte.

On sait que sous l'Empire les cachemires étaient hors de prix. Hortense eut envie d'un cachemire. Il n'y avait pas d'apparence que, tout en se ruinant, M. L... pût faire une pareille dépense. On imagina pour madame d'A.., qui n'était pas difficile à tromper, un cousin de L... qui voyageait en Perse et qui lui avait envoyé deux châles magnifiques, lesquels étaient arrivés de contrebande. Il en offrit un à madame d'A... L'autre fut pour Hortense.

Comme on ne pouvait pas faire avaler l'histoire du voyageur à D..., on lui dit que madame d'A..., s'étant donné un châle de cachemire, avait voulu que son amie en eût un pareil. Pour corroborer la chose, on fit faire une facture acquittée à Versepuy, ce qui fut d'autant plus facile que les deux châles venaient de chez lui, et que le comte d'A... les avait payés, par parenthèse, deux mille écus la pièce.

Ici la femme trompée y gagna du moins un cachemire.

Voici le plus plaisant de l'histoire. L... ne voulut pas se borner au rôle d'amoureux en peinture. Il exigea le paiement de son compérage de complaisance, et il paraît qu'Hortense trouva très-plai-

sant de le lui accorder. L... et madame D... furent donc les seuls de cette
longue fourberie qui n'aient pas été
trompés.

Et qui sait ?

II

L'Empereur avait, comme on le sait,
monté sa cour de fraîche date sur un pied
de grandeur et de magnificence qui rap-
pelaient ce que l'on savait de la cour de
Louis XIV. Quand il prit des pages, toutes

les familles nobles qui s'étaient ralliées à lui briguèrent l'honneur de faire entrer leurs enfants dans cette pépinière de jeunes gens que Napoléon exerçait lui-même au rude métier de la guerre, plus encore qu'il ne leur laissait le temps de renouveler aux Tuileries les espiègleries, apanage immémorial de messieurs les pages de toutes les cours et de tous les temps. On pouvait alors dire à ces jeunes hommes, quand l'Empereur les désignait pour l'accompagner dans ses campagnes, ce que Figaro dit à Chérubin :

> Non più andrai, farfallone amoroso !
>
> . . . .
>
> Ed in vece del fandango
> Una marcia per il fango ! [1]

Je connais un brave militaire qui est

---

[1] Tu n'iras plus, amoureux papillon, etc., etc., et au lieu de riant fandango, tu vas avoir de bonnes marches les pieds dans la boue.

aujourd'hui officier général et qui était premier page en 1805. A la bataille d'Austerlitz, l'Empereur avait sa lunette appuyée sur l'épaule de ce jeune homme qui voyait le feu pour la première fois de sa vie. Il lui vint bien à l'esprit la pensée qu'un pointeur russe était bien capable d'envoyer un boulet à Sa Majesté Impériale. Mais le moyen de songer à soi quand on sentait l'empereur Napoléon aussi tranquille que s'il eût assisté à un ballet de l'Opéra! Sous un tel maître et à une pareille école, on devenait plus que brave. Le jeune page ne broncha pas; aussi le soir de cette mémorable journée l'Empereur lui dit avec un des ces sourires auxquels rien ne résistait :

— Monsieur, vous avez du sang-froid. Je suis content de vous.

Messieurs les pages avaient pourtant

quelques moments de répit. Alors ils s'en donnaient, comme on dit, à cœur joie. Leur gouverneur, M. d'A...[1], aimable homme et peu sévère, était cependant obligé de faire intervenir quelquefois son autorité, et de mettre aux arrêts ses jeunes subordonnés. Quoiqu'il usât de ce moyen avec une sobriété tout à fait en harmonie avec la douceur de son caractère, ces messieurs lui gardaient rancune; il eut le malheur de se faire prendre en grippe par l'un d'eux, qui était spirituel, entreprenant, et qui jura de se venger d'une manière éclatante. Il tint parole, et le pauvre M. d'A... paya cher deux ou trois semaines d'arrêts que le

[1] Quoique les initiales du nom de M. le chambellan, gouverneur des pages, soient les mêmes que celles du comte dont il est question dans le chapitre précédent, je crois devoir prévenir que ce n'est pas la même personne.

premier page prétendait lui avoir été imposés injustement. De temps immémorial, les pages ont cru à l'injustice de leur gouverneur.

M. de Termes était premier page. M. de Termes est d'une taille au-dessous de la taille ordinaire, ce qui, pour le projet qu'il méditait, venait à miracle, et qui, du reste, ne l'a pas empêché depuis d'être colonel des gigantesques Cent-Suisses. Dans le courant de l'hiver, je crois de 1811, M. d'A... avait mis M. de Termes aux arrêts dans une circonstance où ces maudits arrêts faisaient le désespoir du pauvre M. de Termes. Il est probable qu'il s'agissait de quelque rendez-vous important où l'humanité de quelque grande dame se proposait de dédommager le joli page des courses plus ou moins désagréables auxquelles l'Empereur eût pu l'appeler d'un moment à l'autre. Quoi qu'il en soit, M. de Termes était furieux contre M. d'A...

Le carnaval arriva. M. de Termes fait le malade pour détourner les chiens; on le plaint de ne pouvoir prendre sa part des plaisirs de la saison; puis il n'en est plus question, et chacun songe à tirer de son mieux son épingle du jeu dans ces bonnes nuits de folie et de liberté.

Le bal de l'Opéra était alors le rendez-vous des hommes et même des femmes de la bonne compagnie. Quiconque était du monde ne pouvait, sans se faire remarquer, passer un hiver sans aller au bal de l'Opéra. M. d'A... n'en manquait pas un, et à cette assiduité on pouvait assigner plusieurs causes.

D'abord il fallait bien faire comme tout le monde; ensuite M. d'A..., qui

était veuf, aimait le plaisir, et, comme
le bal de l'Opéra était alors chose fort di-
vertissante, il était tout naturel qu'il aimât
à le fréquenter. Enfin, et ce n'était pas
là la cause la moins influente, M. d'A...,
qui avait toute sorte de bonnes qualités,
qui était bon, spirituel, aimable autant
qu'homme de France, M. d'A..., dis-je,
était d'une fatuité proverbiale. On a peine
à concilier l'esprit et un défaut aussi ridicule. Le fait est cependant positif. C'é-
tait une des mille bizarreries que se per-
met dame nature.

M. d'A.. était donc l'homme le plus
avantageux de la cour. Il avait beaucoup
de peine à imaginer qu'il fût possible
qu'une femme le vît sans tomber éperdument amoureuse de son mérite. Il disait cela avec une naïveté et un aplomb à
mourir de rire ; car ce qu'il y avait de

plus comique, c'est qu'à toutes les qualités
réelles qu'il possédait, M. d'A... ne joignait pas, tant s'en fallait, les dons de la
beauté physique. Les bonnes fortunes de
M. d'A... étaient donc un sujet de diver-
tissement pour tout le monde, et je laisse
à penser si ces bonnes pièces de pages qui
étaient sous ses ordres se faisaient faute
d'en faire des gorges chaudes.

Au premier bal de l'Opéra, M. d'A...
arriva des premiers et se mit à arpenter
le foyer d'un air conquérant. Pas mal de
masques féminins lui décochèrent un lazzi
en passant; le chambellan, convaincu que
les femmes qui lui riaient au nez n'agis-
saient ainsi que pour cacher leur jeu, se
creusait la tête pour deviner quel nom il
devait mettre sous le dernier domino qui
lui avait lâché une bordée; le pauvre
homme se perdait dans ce travail inutile

quand un masque fort élégant s'arrêta devant lui, le considéra pendant quelques minutes fort attentivement, et finit par lui dire, d'une voix qui parut émue à M. d'A... :

—Es-tu seul ici?

—Mais, dit le chambellan d'un air superbe, oui, jusqu'à présent.

—Veux-tu me donner le bras? j'ai à te parler.

M. d'A... examina le masque des pieds à la tête : le résultat de l'inspection fut favorable au domino. C'était une personne de taille moyenne, mince, dont la tournure aisée annonçait quelqu'un de distingué; des longues manches de sa vaste robe de soie sortaient les plus petites mains du monde, et M. d'A... aperçut le bout d'un pied qui était digne des jolies mains que l'on laissait voir. Pendant que le chambellan passait la revue du petit masque, celui-ci, par un mouvement plein de grâce et de coquetterie, déganta sa main gauche, et M. d'A... put se convaincre que cette main était d'une blancheur éblouissante. Il tendit son bras au domino, qui lui dit en riant :

— Allons, il paraît que je suis sortie à mon honneur de l'examen que tu viens de faire de ma personne. Sais-tu bien que si j'étais susceptible, je pourrais me fâcher de cette hésitation.

— C'est-à-dire, dit M. d'A..., si tu étais laide ; ta grandeur d'âme me prouve que tu es jolie.

— L'observation ne manque pas de mérite, reprit l'inconnue.

— Alors, dit M. d'A..., je ne vois pas le moindre inconvénient à ce que tu ôtes ton masque pour me laisser contempler tes jolis traits que j'ai devinés, ou que du moins tu me dises qui tu es, car je te connais sans doute.

Le *sans doute* fit sourire le masque sous sa barbe.

— Oui, dit-il, tu me connais, et beaucoup; mais je ne te dirai pas qui je suis. Devine!

— Diable! dit M. d'A .., il y en a tant de ta taille et de ta tournure; c'est à s'y perdre. Et tu dis que je te connais beaucoup?

— Beaucoup trop, dit le masque en réprimant une envie de rire que le chambellan prit pour un soupir où se dissimulait mal un tendre amour.

— Et tu es une femme comme il faut, une femme du monde?

— Je te donne ma parole d'honneur,

que tu me vois tous les jours, et que je
suis une personne très-bien née.

M. d'A... regarda le masque attentivement; peut-être crut-il avoir deviné, car
il lui dit vivement :

— Réponds-moi à une seule question :
Ton mari est-il à l'armée ou à la cour?

— Ni l'un ni l'autre, dit le domino.

— Diable! dit M. d'A..., cela me dé-
route. Et tu dis que je te vois tous les jours?
où donc?

— Aux Tuileries.

— Et tu n'as pas de mari à la cour?

— Ni à la cour ni à l'armée.

— Pour qui es-tu venue à l'Opéra?

— Pour toi.

M. d'A... voulut presser la main qui
s'appuyait sur son bras gauche. Cette petite main se retira rapidement, et avec une
espèce de mouvement de répulsion qui

contrastait singulièrement avec ce qui avait paru une déclaration si positive au chambellan.

Cependant la conversation continuait. Le domino était plein d'esprit : il racontait à M. d'A... des choses qui lui prouvaient qu'il avait réellement affaire à quelqu'un de la cour. Deux ou trois mystifications qui lui étaient arrivées trouvèrent leur place dans ce récit. Bref, la nuit s'écoula sans que M. d'A... pût deviner à qui il parlait. Vers cinq heures, le petit masque le planta sous l'horloge en lui ordonnant de l'attendre; mais le petit masque ne revint pas.

M. d'A... rentra aux Tuileries complètement amoureux de son inconnue, qui, du reste, lui avait fait des avances capables de faire croire à une passion réelle l'homme le moins fat de la terre. Il grillait d'envie de parler de son aventure. C'était surtout à M. de Termes, qui avait l'habitude de le plaisanter sur ses bonnes fortunes, qu'il désirait raconter ce qui lui était arrivé. M. de Termes ne parut pas au déjeuner.

— Où est donc M. de Termes? dit le gouverneur des pages d'un air charmant.

— Il est au lit, dit un des jeunes gens qui était plus particulièrement lié avec M. de Termes.

Le fait était vrai. M. de Termes dormait comme un bienheureux.

— Il est bien souffrant, ajouta le page.

— Diable! dit M. d'A..., il faut espérer que cela ne sera rien; j'irai le voir tout à l'heure. Est-ce que ses arrêts ne sont pas finis?

— Je ne crois pas, dit l'ami de M. de Termes.

— Nous arrangerons cela, dit le bon M. d'A..., que la joie rendait magnanime.

Après le déjeuner, il monta chez M. de Termes. Il le trouva couché.

— Que diable avez-vous donc? lui dit-il; est-ce que vous allez être assez sot pour être malade au moment du carnaval?

— Ma foi, dit le premier page, je ne vois pas que j'aie rien de mieux à faire : on ne peut guère mieux passer ses arrêts que dans son lit.

— Le diable emporte les arrêts! dit M. d'A... Je crois que si on les levait, vous retrouveriez la santé.

— A l'instant même, M. le comte, dit en riant le perfide page, qui ne se gênait guère pour forcer les arrêts quand on ne les levait pas.

— Levez-vous donc, dit le gouverneur,

et venez me voir; je vous raconterai une histoire délicieuse.

M. de Termes pensa éclater de rire au nez de son chef; celui-ci le quitta : le page s'habilla, et se rendit auprès du chambellan, qui lui conta, avec quelques embellissements que M. de Termes avait bonne envie de rectifier, l'histoire du bal de l'Opéra.

— Vous m'aviez promis une histoire délicieuse, dit-il enfin au comte d'A..., délicieuse pour qui?

— Pour moi, mon ami, dit le comte : je suis sûr qu'elle est charmante!

— Bien obligé, dit le page; j'ai cru à votre air que j'y étais pour quelque chose (—il disait cela sans rire!—); et puis, au bout du compte, si vous voulez que je vous parle franchement, je ne vois pas ce dont vous avez tant à vous féliciter.

— Comment! dit M. d'A..., une femme charmante!...

— Qu'en savez-vous?

— J'en suis sûr ; une femme charmante qui est venue au bal de l'Opéra exprès pour moi !

— Qu'en savez-vous?

— Elle me l'a dit.

— Belle raison!

— Vous êtes insupportable ! — Qui m'a dit qu'elle m'aimait...

— Bien vrai?

— N'allez-vous pas savoir mieux que moi ce qu'elle m'a dit, à présent? — Qui est restée quatre heures avec moi.

— Et qui vous a planté là sans vous dire son nom !

— Son nom! son nom! je le saurai je le devinerai! elle me le dira! —

— Si vous la revoyez.

— Samedi prochain, je la verrai à l'Opéra.

— Je parie que non !

— Je tiens le pari ! à vos ordres.

— Oh ! une bagatelle — un dîner chez Rose avec ces messieurs.

— C'est convenu.

Arrive le bienheureux samedi ; à minuit précis M. d'A... était à l'Opéra. Il ne s'éloignait pas trop de la pendule, parce que, disait-il avec assez de raison, puisque c'est là qu'elle m'a laissé, pourquoi ne serait-ce pas là qu'elle viendrait me reprendre.

M. de Termes, dont les arrêts avaient été levés, était à l'Opéra : de temps en temps il passait auprès de M. d'A... et lui disait :

— Eh bien ?

— Elle va venir, disait tranquillement le comte.

Quatre heures sonnèrent sans que la mystérieuse amante du chambellan eût paru. M. d'A... commençait à perdre de son assurance ; il donnait piteusement le bras à M. de Termes, quand tout à coup un domino les arrête :

— Tu es le comte d'A... ? dit le masque au gouverneur des Pages.

— Oui, dit-il.

— En ce cas, voilà quelque chose qui te regarde.

Le domino remit une lettre parfumée à M. d'A... et disparut.

M. d'A... se hâta d'ouvrir le billet ; il était ainsi conçu :

« Vous avez perdū votre pari : je ne « viendrai pas ce soir : permettez-moi « seulement de vous dire qu'il est de mau-

« vais goût de faire un sujet de pari de la
« démarche d'une femme qui a eu la fai-
« blesse de vous dire qu'elle vous ai-
« mait. »

— Une leçon ? dit M. de Termes : au
point où vous en êtes restés, cela me
semble un peu hasardé.

— La leçon est plus tendre que sévère,
fit observer avec assez de justesse M. d'A..;
c'est une semaine de perdue, voilà tout.

M. d'A... paya son pari de bonne
grâce ; il donna à ses jeunes subordonnés,
chez Rose, l'un des illustres restaurateurs
de ce temps-là, un dîner où l'on but à la
santé de l'aimable domino noir, cause
première de ce festin, malgré la désap-
probation dont elle l'avait frappé.

Le samedi suivant M. d'A.,, fut plus
heureux : il n'avait pas fait deux tours
de foyer, qu'en passant devant la pen-

dule il se sentit tirer par son habit, et le petit domino en question lui apparut.

— Est-ce bien vous ? dit-il un peu confus.

— Oui, dit le domino, c'est moi qui ai bien envie de ne pas vous pardonner.

Cette espèce de petite brouille venait à souhait. M. d'A... espérait que, quelque peu avancées que fussent ses affaires, il pourrait profiter du raccommodement. Le domino ne paraissait pas courroucé d'une manière irrévocable. Il se plaignit d'être fatigué ; M. d'A... offrit de le faire reposer dans une loge qu'il avait louée. L'offre est acceptée ; et au bout de quelques instants la colère cesse, et une familiarité que le masque autorise est établie entre le domino et son adorateur.

Cependant celui-ci ne fait pas un pas de plus ; refus constant de se démasquer

et de dire son nom, mais grand laisser-
aller pour donner au comte les facilités
d'usage pour deviner. Montrez-moi votre
main ! — Voilà ma main, dégantée ou
gantée, à votre choix. — Levez-vous un
peu et marchez ! — Me voilà debout et je
marche. — Voyons ce pied ! — Regardez
mon pied : comment le trouvez-vous ? —
Charmant. Et le bas de la barbe de votre
masque, ne le lèverez-vous pas bien un
peu ? — Je ne sais pas trop si ce n'est pas
faire plus que je ne dois. — C'est d'usage.
— A la bonne heure ! voilà la barbe levée. Y êtes-vous ? — Pas le moins du
monde.

Et le pauvre M. d'A..., qui était à cent
mille lieues d'y être, se donnait à tous les
diables. Le domino était d'un abandon et
d'une réserve tout à la fois qui rendaient
fou le malheureux chambellan. Je vous

jure, lui avait dit le domino, que vous saurez qui je suis : je ne suis pas venu ici vous relancer pour rien : mais ne me demandez pas autre chose à présent, vous n'obtiendriez rien de moi et vous ne me reverriez plus. Patience et discrétion, voilà ce que je vous impose. Si vous m'aimez comme vous le dites, il faut m'obéir.

Le fait est que M. d'A... avait réellement le cœur pris. Il raffolait de son inconnue. Cet hiver-là le carnaval fut très-long ; à tous les bals il retrouvait le domino noir et il ne le quittait pas. Une fois il parvint à s'élancer sur les traces de cette mystérieuse apparition ; il arriva sur le péristyle au moment où la voiture où elle venait de monter partait au grand trot. La voiture et les gens lui parurent très-convenables, et il resta stupéfait quand il entendit ou crut entendre le valet de pied

dire au cocher : — Aux Tuileries, ventre
à terre !

Cependant le mardi-gras approchait,
et avec lui la fin des bals de l'Opéra. Le
domino mystérieux fut exact au rendez-
vous. Le comte le mena dans sa loge, on
prit des glaces. Enfin le domino parla
ainsi à M. d'A...

— Vous devez bien penser que ce n'est
pas sans des motifs impérieux que je ne
me suis pas fait connaître à vous. Ces
motifs subsistent encore, mais ce ne sera
pas pour longtemps ; dans trois semaines, je serai libre de vous apprendre
qui je suis. Mais d'ici là, ne m'oublierez-
vous pas ? La démarche que j'ai faite doit
vous prouver que je ne pourrais voir en
indifférente ce que vous ferez. Je saurai
tout ; je regarderai, malgré l'innocence
des rapports que nous avons eus, comme

une infidélité toute attention accordée par vous à une autre femme. Dans trois semaines, au bal de la mi-carême, soyez ici, j'y serai, et c'est alors que vous me connaîtrez. Mais soyez-moi fidèle : c'est une condition essentielle.

M. d'A... jura qu'il ne lui serait pas difficile d'obéir à un pareil ordre, il protesta de son amour, et la vérité est qu'il était complétement féru. Il baisa à plusieurs reprises la main charmante qu'on lui abandonnait sans trop de résistance, et il avait le cœur bien gros quand son inconnue le quitta en lui disant :—Soyez fidèle ; dans trois semaines nous nous reverrons.

Tout le monde à la cour était étonné du changement qui s'était opéré dans la conduite de M. d'A...; les jeunes femmes qu'il avait l'habitude d'obséder de ses compliments et de ses attentions virent avec satisfaction qu'il les privait de sa présence. On ne savait à quoi attribuer ce revirement soudain. Quelques femmes qui étaient dans la confidence se donnèrent la joie de se moquer de lui en lui faisant des agaceries qui mettaient au supplice le malheureux chambellan.

Vingt-trois jours seulement séparent le mardi-gras de la mi-carême. Mais si vingt-trois jours de bonheur passent vite, on sait combien paraissent lentes vingt-trois mortelles journées d'attente, sans compter les nuits. Il semblait à M. d'A... qu'il en avait pour un siècle. Cependant le temps marche toujours, et les vingt-trois jours finirent naturellement par amener la mi-carême.

M. d'A... se leva radieux : des vingt-trois fatales journées, la dernière lui pa-

raissait la plus longue. Dès qu'il fit nuit
le chambellan ne touchait pas terre. Enfin
minuit sonna, et M. d'A... se précipita
dans le foyer.

Il était dit qu'il épuiserait toutes les for-
mules que l'impatience arrache à ceux qui
attendent. Il était déjà plus de trois heures, et M. d'A... commençait à croire
qu'il avait attendu pour rien, quand il
entendit à son oreille une petite voix flû-
tée dire :

— C'est bien ! je suis contente de vous !

Et il sentit en même temps se glisser
sous son bras un bras que son cœur lui dit
être le bras du domino mystérieux.

C'était lui en effet ; il entraîna M. d'A...
vers la loge où ils avaient coutume de se
rendre. Le domino avait un air posé que
ne lui avait pas encore vu le chambellan.
Quand ils furent seuls, M. d'A... prit la

main de l'objet de sa passion anonyme et lui dit tendrement :

— Vous voilà! J'oublie tout ce que j'ai souffert en vous attendant. Mais qu'avez-vous? Vous paraissez triste. Ouvrez-moi votre cœur. Je mérite votre confiance. Parlez : si vous saviez combien je vous aime!

Le domino tremblait Il ne retira point la main dont s'était emparé l'amoureux gouverneur des pages; mais il dit d'une voix émue :

— Je ne suis point triste; mais je ne puis me défendre d'un trouble bien naturel. Le moment approche où je ne serai plus séparée de vous par ce masque et ce déguisement, et je ne sais si j'oserai me faire connaître.

— Qui peut vous retenir? dit le comte; n'êtes-vous pas assurée de l'amour que je vous porte? Avez-vous à me reprocher quelque chose? N'ai-je pas, pour vous obéir, résisté aux avances les plus marquées des plus jolies femmes de la cour? Ne soyez pas injuste envers moi! Que faut-il faire pour vous prouver cet amour que vous-même avez pris plaisir à faire naître? Est-il un sacrifice qu'il vous plaise de m'imposer? parlez : je suis prêt à l'accomplir.

M. d'A... était de bonne foi. Le domino lui serra la main, et le comte crut voir ses yeux sourire à travers le masque importun qui couvrait ce visage que, dans ses rêves d'attente, il avait reconstruit mille fois par la pensée, et qu'il allait enfin contempler.

— Je vous crois, dit l'inconnue, vous m'aimez. Pourtant...

— Eh bien? dit le comte.

— Pourtant, continua le domino noir,

je crois qu'il est des sacrifices que je de-
manderais en vain à votre amour.

— Non ! s'écria le chambellan ; non, il
n'est rien que je ne fasse pour vous obtenir. Position, fortune, tout au monde, je
vous sacrifierais tout. Dites, et j'obéis à
l'instant même.

— Vous êtes sûr de ce que vous dites ?

— Faites-en l'épreuve.

— Eh bien, puisque vous voulez que je
m'explique : quand un homme aime bien
une femme, porte-t-il toujours sur lui un
objet qui lui vient d'une autre ?

— Moi ! dit le comte ; on vous a trompée : c'est une odieuse calomnie !

— Prenez garde, dit en riant l'inconnue ; j'ai sous la main de quoi vous prouver que je ne dis que la vérité.

— Je vous jure...

— Ne jurez rien. Regardez !

En disant ces mots, le masque prenait la main de M. d'A..., et lui montrait un anneau qu'il portait au doigt annulaire de cette main.

M. d'A... resta stupéfait. Il était veuf; cette bague était une alliance. Il avait tendrement aimé sa première femme, qui, à son lit de mort, lui avait donné l'alliance qu'elle portait, en lui faisant promettre de ne jamais s'en séparer. Un sentiment pénible s'empara de son cœur, quand il entendit le domino lui demander le sacrifice de cette bague. M. d'A... était un homme d'esprit et de cœur, malgré les petits défauts que l'on pouvait lui reprocher. Tous les sentiments vrais sont éloquents. Il dit naïvement à l'inconnue, à qui sans doute il n'apprenait rien, quelle était l'origine de cette bague, et il ajouta :

— Vous voyez bien que vous n'avez rien

à craindre de celle de qui me vient cette bague. Sa pensée n'est qu'un souvenir; la vôtre est une espérance.

Cette raison était bonne, sans doute; mais elle ne faisait pas le compte du domino noir. Il laissa retomber la main du chambellan, et lui dit d'un ton piqué:

— Vous voyez bien que j'avais raison!

— Vous voulez donc me rendre fou? s'écria le pauvre M. d'A... Demandez-moi toute autre chose, et vous verrez si je vous aime! Vous cesseriez de m'estimer, si j'avais la faiblesse d'obéir à votre... désir.

— Dites le mot, dit l'inconnue; vous alliez dire... mon caprice.

— Il est vrai, dit en souriant M. d'A...; et, puisque vous m'avez compris, j'espère qu'il ne sera plus question de cela.

— Mon Dieu non, dit le domino en se

levant ; car vous ne me reverrez de votre vie.

— Arrrêtez! dit le comte ; écoutez-moi! vous ne pouvez me quitter ainsi!

— Eh quoi! dit l'inconnue, que pensez-vous donc faire de moi? Croyez-vous que je sois femme à devenir votre maîtresse?

— Mon nom, ma fortune sont à vous! s'écria M. d'A...; mais, au nom du ciel, ne prolongez pas un supplice qui me tue.

— Et vous pensez, dit le domino, que si je deviens votre femme je vous laisserai porter le gage d'un autre amour?

— Alors..., dit le comte un peu ébranlé.

— Alors, dit le masque, vous me sacrifieriez cet anneau qui me rend jalouse. Eh bien, moi, qui veux savoir si je suis aimée, je l'exige à l'instant même, ou vous n'entendrez plus parler de moi.

L'inconnue avait ouvert la porte de la loge ; déjà elle s'avançait pour sortir. M. d'A... ne savait plus où il en était.

— Qu'il soit fait selon votre désir, dit-il d'une voix altérée, je n'ai rien à vous refuser.

Le domino cependant était sorti de la loge ; il ôta la bague de la main du comte, la passa à un de ses doigts ; puis donnant à baiser à l'amoureux chambellan la main qu'il venait d'orner de ce trophée :

— Au revoir ! lui dit-il ; demain avant midi je vous dirai qui je suis ; vous me reconnaîtrez à cette bague que je porterai seule à la main droite.

Et il s'enfuit avec la légèreté d'un chevreuil, laissant le comte stupéfait, et incertain s'il devait se réjouir ou se désoler de son aventure.

M. d'A... se leva assez inquiet de ce qui
allait se passer ; au déjeuner il était loin
d'avoir l'air radieux qui se lisait la veille
sur son visage.

M. de Termes, qui, depuis l'histoire du
pari, s'était plu à se faire officiellement
informer par le comte du progrès de ses
amours, arriva en éclatant de rire.
M. d'A..., qui n'avait pas de grandes raisons pour partager cette hilarité, lui demanda avec un peu d'humeur ce qui le
rendait si gai.

— Je vous conterai cela en déjeunant,
dit M. de Termes.

En effet, à peine était-on à table, que le
premier page se mit à raconter l'histoire
suivante :

« Il y a, dit il, à la cour un homme de
beaucoup d'esprit qui n'a que le défaut

de s'en faire accroire et de vouloir en faire
accroire sur l'article des bonnes fortunes.
Au carnaval, il passa par la tête à un jeune
homme de ma connaissance de lui donner
une petite leçon de modestie en revanche
de quelques semaines d'arrêts que ce personnage avait été en position d'infliger à
ce jeune homme. Figurez-vous, messieurs, que mon ami est très-petit, assez
joli garçon, pas trop bête, entreprenant,
qu'il a des mains de femme, à peu près
comme moi qui vous parle...

— Ici M. d'A... pâlit et tressaillit à un
coup-d'œil qu'il avait jeté sur les mains
de M. de Termes; celui-ci n'eut pas l'air
d'y faire attention, et continua :

— Des pieds assez petits, et une taille
assez mince pour pouvoir facilement être
pris pour une femme sous l'envelopp d'un
domino noir. Il s'affuble donc d'un corset,

de petits souliers de satin, s'arrange une coiffure sous son capuchon, endosse un domino bien ample, et va à l'Opéra où il se met à faire des agaceries assez prononcées à l'homme dont je parle. Ce pauvre homme en est tombé amoureux comme un fou, si bien qu'après avoir filé le parfait amour pendant tout le temps du carnaval, et avoir été ajourné au bal de la mi-carême, qui était hier, pour les derniers éclaircissements, il a fini par faire, un peu à contre-cœur il est vrai, le sacrifice de l'alliance de sa première femme qu'il aimait beaucoup et dont il chérit et vénère la mémoire. Ce qui me faisait rire en arrivant, c'est le désappointement de cet infortuné, quand, dans une heure, je vais aller lui rendre la bague qu'il m'a donnée cette nuit en me baisant amoureusement la main. »

— C'est donc toi qui as fait le coup ?
s'écria un des pages. Et qui est le my-
stifié ?

— Ma foi, dit M. de Termes, j'ai fait
comme la femme qui racontait l'histoire
de la couverture, je me suis trahi. Mais
je n'en dirai pas davantage, continua-t-il
en regardant M. d'A.... Après déjeuner
j'irai rendre la bague et j'espère que cela
en restera là.

Comme on le comprend, M. d'A... eût
bien voulu être à dix lieues de là pendant
le récit de M. de Termes. Il dut cependant
lui savoir gré de sa retenue devant ses
camarades.

Mais tout se sait : M. de Termes, qui
avait eu le bon goût d'épargner son chef
devant des jeunes gens qui lui étaient subordonnés, n'était pas tenu à la même
réserve vis-à-vis des gens de sa connais-

sance. L'histoire courut, si bien que M. d'A..., de guerre lasse, donna sa démission de gouverneur des pages et fut quelque temps sans reparaitre à la cour.

III.

Un nom qui se rattache intimement à
l'histoire des *Boudoirs de Paris* sous l'Empire, est celui du comte C..., alors ambassadeur extraordinaire de Russie près là
cour de France. Les instructions qu'avait

reçues le diplomate russe lui enjoignaient probablement de tout observer. *Observer* est le mot consacré en diplomatie. En guerre et dans la vie commune, la même chose porte un autre nom : l'observation trop attentive d'un étranger en temps de guerre se paie ordinairement, quand elle vient à être découverte, d'une douzaine de balles de plomb dans le crâne ; le mépris fait justice de celle qui s'exerce dans le monde ; mais en diplomatie, elle rapporte presque toujours, à celui qui en fait usage, deux ou trois cordons d'une couleur quelconque ; d'où il résulte que des rubans que l'on attache à un bon diplomate, on composerait un habit d'arlequin tout à fait convenable.

L'ambassadeur de Russie passait donc son temps à observer ; mais, comme il était assez à propos que les observations auxquelles il se livrait ne fussent point connues de tout le monde, il les dissimulait le plus qu'il le pouvait, et, comme Alcibiade cachait sous les dehors trompeurs de la volupté ce qui l'occupait réellement d'une manière sérieuse, M. de C... était parvenu à faire croire que tous ses moments étaient pris par les plaisirs de la capitale. On trouvait souvent sa voiture à la porte d'une maison de jeu ou d'une actrice en vogue; mais le maître de l'équipage n'était ni dans la maison de jeu ni chez la courtisane. Il trouvait moyen, dans un salon, tout en débitant des douceurs à une jolie femme, de prêter l'oreille à la conversation d'un homme d'État ou d'un ambassadeur, qui n'étaient pas en défiance contre un homme dont le plaisir paraissait être la principale affaire. Tout le monde connaît l'histoire de cet employé du ministère de la guerre qui fut fusillé pour avoir communiqué des plans. Jamais la peine de mort n'a été appliquée plus justement. Malheureusement, la justice humaine, moins complète que celle de Dieu, ne peut atteindre tous les coupables ; et ce que dit Don Diègue n'est pas toujours réalisé :

Quand le bras a failli, l'on en punit la tête.

Le bras paya seul le forfait.

M. de C. trouva qu'une liaison avec une des plus belles personnes de la cour impériale aurait le double avantage de corroborer sa réputation de Lovelace, et de le mettre à même de recueillir des observations précieuses, le mari de la personne dont il s'agit étant un des lieutenants de l'Empereur les plus avant dans sa confiance. Il soupira donc pour la belle ma-

réchale, et ne fut pas repoussé. M. de C...
était un bel homme, quoique sa physionomie portât au plus haut degré le type
tartare. Mais il était grand, avait une charmante tournure, valsait comme personne
ne valsait à Paris, et dansait la mazourka
de manière à faire tourner les plus fortes
têtes. Aussi plus d'une femme de la cour
enviait à la maréchale... l'honneur que
le Russe à la mode lui avait fait de lui jeter le mouchoir. Le patriotisme n'est pas
la vertu principale de la plupart de ces
dames.

Un jour, la maréchale était chez une de
ses amies de pension, comme elle fort
grande dame, et, comme elle, épouse d'un
des hommes dont l'Empereur avait formé
son brillant état-major. Pour plusieurs
raisons, l'amie de la maréchale, qui était
liée avec l'ambassadeur russe, devait être

une personne aux passions vives et aux désirs ardents. La conversation tomba sur les secrets intimes. La maréchale n° 2 poussa un profond soupir. Naturellement son amie lui en demanda la cause.

— Ah! lui dit celle-ci, si tu savais combien mon mari est injuste ! Il ne m'a pas pardonné de ne lui avoir donné qu'une fille. Il aurait voulu un garçon : je le comprends ; mais, après tout, ce n'est pas ma faute ! Depuis notre mariage, depuis que j'ai eu ma fille, j'ai vainement espéré lui donner la satisfaction d'avoir un fils ! j'en reste à ma pauvre fille ! Tu ne saurais croire combien cela me désespère !

Et la maréchale pleurait tout de bon. Son amie, qui lui était sincèrement attachée, se sentit émue des larmes qu'elle voyait répandre ; elle prit part à la désolation de la belle affligée ; puis tout à coup, cédant à un de ces mouvements sublimes que l'amitié seule peut inspirer aux grandes âmes :

— Je crois que je puis te consoler, lui dit-elle avec effusion ; mais il faudra me promettre le plus profond secret.

— Toi ! s'écria l'amie au comble de l'étonnement ; et que peux-tu à cela, ma pauvre enfant ?

— Je ne puis te le dire encore ; demain je reviendrai te voir, et j'espère que tu seras satisfaite.

Elle ne voulut pas en dire davantage, et sortit, laissant ébahie la dolente épouse, qui ne comprenait pas à quoi son amie pouvait lui être bonne en pareille occurrence.

Le soir, la maréchale n° 4 eut avec M. de C... une conférence qui se prolongea plus que de coutume; et, le lendemain, elle arriva chez la maréchale n° 2, comme elle le lui avait promis.

— Eh bien, lui dit-elle, suis-je de parole?

Son amie lui tendit la main, et attendit qu'elle s'expliquât.

— Tu sais combien je t'aime, continua la première; hier tu m'as fait de la peine. Je connais les devoirs de l'amitié : je me suis promis de te venir en aide, et je le fais. Écoute-moi. Tu sais les relations qui existent entre moi et le comte de C... Il m'est tout dévoué. Je ne sais pas trop comment te dire ce à quoi j'ai pensé; mais je suis *sûre* que, si tu voulais, il te tirerait de peine.

— Es-tu folle? s'écria en rougissant la maréchale n° 2.

— Pas du tout, reprit l'autre, non sans

quelque embarras; je t'offre ce que je puis, c'est de bon cœur. Je te le prête : tu me le rendras. Entre amies...

Un immense éclat de rire interrompit la péroraison de la maréchale. Son amie n'y tenait plus. Pendant plus d'un quart d'heure elle rit de si bon cœur, qu'il lui fut impossible de répondre un seul mot. La maréchale n° 1 se piqua au jeu. Elle y avait été franchement : elle avait fait la démarche auprès de son amant, et ne voulait pas en être pour ses frais. Quelque bizarre que paraisse un pareil fait, il n'en est pas moins vrai. L'ambassadeur avait été tout aussi étonné que la maréchale n° 2 : il avait cru d'abord que c'était une ruse de sa maîtresse; mais quand il avait vu que la chose était sérieuse, il avait réfléchi à ce que cette proposition avait d'utile et d'avantageux pour lui; et en songeant que

le maréchal, père de la fille et ambitieux
d'un garçon, était encore plus avant dans
la confiance de l'Empereur que celui dont
il s'était approprié la femme, il n'hésita
plus à consentir à la singulière demande
de sa maîtresse. Ce qu'il y avait de plus burlesque dans tout cela, c'était que, comme
elle l'avait dit à son amie, son intention
n'était pas du tout de lui céder M. de C... :
elle le lui prêtait tout bonnement, comme
un savant prêterait à un autre savant un in-
strument précieux de physique dont celui-
ci manquerait pour faire une expérience.
Tout aussi naïvement qu'elle l'avait dit à
M. le comte de C..., elle le dit à la maréchale n° **2**, qui, comme on l'a vu, com-
mença par lui rire au nez. Cependant, elle
se ravisa : je ne sais si ce fut à l'éloquence
de l'amie dévouée qu'il faut attribuer ce
résultat, ou si l'autre n'avait d'abord ré-

sisté que pour la forme; toujours est-il
que, deux jours après la conférence des
deux amies, M. de C... avait passé de la
maréchale n° 1 à la maréchale n° 2.

Mais, hélas! dans ce monde corrompu
les belles actions sont parfois récompen-
sées par l'ingratitude et les mauvais pro-
cédés. Ainsi ce parfait modèle des amies
se vit trahie à la fois par l'amour et l'amitié. Cet amant, que, dans sa généreuse
compassion, elle avait prêté à son amie,
il s'endormit au milieu des délices de ses
nouvelles amours et ne songea plus à re
tourner aux anciennes; et celle pour laquelle on avait tant fait, complice de ce
lâche abandon, retint dans ses chaînes cet
amant parjure, et nia le dépôt que l'on
avait confié à sa foi. Vainement la maréchale n° 1 éclata-t-elle en sanglants reproches : le diplomate, qui avait pris

goût au n° 2, fit la sourde oreille aux ré-
criminations de celle qu'il n'aimait plus.
Vainement la pauvre délaissée alla-t-elle
réclamer son bien à son amie en lui disant dans sa juste douleur :—Je te l'avais
prêté, je ne te l'avais pas donné; rends-
le-moi ! Tout fut inutile. Mais le juste
ciel ne voulut pas, lui, être complice d'un
parjure et d'une trahison : aucun fils —
terrible leçon pour les traîtres — aucun
fils ne naquit à la maréchale n° 2 !

Un autre Russe, le comte D..., qui était
à la même époque à Paris, et qui faisait, je
crois, partie de l'ambassade de M. de C...,
eut une aventure assez extraordinaire. Marchant sur les traces de son chef, il avait
fait de grands ravages à Paris. Le comte
D... était jeune et beau, d'un esprit charmant, possesseur d'une grande fortune
qui lui permettait de mener un train tout à

fait hors ligne; à ces avantages réels se
joignait sa qualité d'étranger, titre incontestable à la faveur de la mode dans le
monde parisien. Il n'est donc pas étonnant
qu'il ait eu de brillants succès. Aussi il
ne se passait pas une semaine sans que
le Don Juan moscovite eût ajouté une,
quelquefois deux victimes à la liste de
ses conquêtes. Il triomphait en courant.
Mais il se rencontra une femme qui prit la
chose au sérieux et qui ne s'arrangea pas
le moins du monde de l'inconstance du
bel étranger. Cette femme était la baronne V.... Jeune et belle, elle ne passait
pas elle-même pour très-scrupuleuse sur
l'article de la fidélité. C'est peut-être
ce qui la rendait si difficile; sachant *ex
professo* à quoi s'en tenir sur ce sujet,
elle montra au comte D... une jalousie
qui, il faut bien l'avouer, n'était pas dé-

nuée de fondements. Mᵐᵉ V... s'arrangea si bien qu'elle parvint à enchainer pendant quinze jours le volage diplomate. Mais au bout de ce temps elle crut s'apercevoir que son astre pâlissait ; elle soupçonna à bon droit quelque anguille sous roche, et il se trouva en effet que l'anguille était une fort jolie personne, laquelle était sur le point de grossir la liste du comte D....

La baronne était une femme de résolution ; elle possédait au plus haut degré ce que dans le monde on appelle de l'aplomb, et dont le véritable nom pourrait bien être l'effronterie, et la plus déhontée. Quand elle eut la certitude que la femme dont il s'agit était la rivale à laquelle elle allait être sacrifiée, elle mit à exécution un projet qu'elle avait conçu et caressé avec complaisance. La jeune femme reçut un matin le billet suivant :

« Madame.

« J'ai l'honneur de vous prévenir que
« M. le comte D... est mon amant. Comme
« mon intention n'est pas de renoncer à
« lui, je vous préviens que si vous avez
« l'indélicatesse de me l'enlever, je vous
« le reprendrai partout où je le retrouverai.

« Agréez, etc.

Baronne V... »

Qui fut bien étonnée ? Ce fut la pauvre
rivale qui était une petite femme toute
mince, toute frêle, et à qui la pensée d'un
éclat faisait une peur épouvantable. Elle
fit voir la lettre à quelqu'un en qui elle
avait toute confiance, et on lui dit que
Mme V... était femme à faire ce dont elle
menaçait, si ce n'est pis. La petite femme

eut peur; elle n'osa pas même parler de
la lettre à D..., mais elle lui battit froid,
et le pauvre Russe se trouva le bec dans
l'eau au moment où il croyait tenir sa
nouvelle proie, qui, soit dit en passant,
eût été un des plus charmants fleurons de
sa couronne de triomphateur. Mme V...
profita pendant quelques jours du succès
de sa démarche, parce que D... retourna
à elle en attendant qu'il eût trouvé pâture.

Ce ne fut pas long; la baronne, en
femme expérimentée, n'eut pas besoin
que ses nombreux espions l'avertissent de
la nouvelle infidélité du comte, elle s'en
aperçut dès les premiers jours; il n'y avait
pas de temps à perdre. La femme que
D... se préparait à faire succéder à la baronne était une personne à peu près dans
le même genre que la baronne elle-
même, et peu accoutumée, quand la chose

lui agréait, à faire attendre ceux qui s'adressaient à elle. La baronne savait cela ; elle se hâta donc de se mettre en règle, et elle écrivit à sa rivale une lettre exactement semblable à celle qui avait intimidé la petite personne qui redoutait les esclandres ; seulement il y avait en manière de *post-scriptum :*

« J'ignore si vous m'auriez cru ca-
« pable d'écrire ce que je vous écris ;
« mais ce dont je suis certaine, c'est **que**
« vous me savez très-capable de le faire
« comme je le dis. Madame... se l'est
« tenu pour dit. Imitez-la ; c'est le parti
« le plus sage. »

Cette nouvelle épître ne produisit pas le même effet que son aînée : celle à qui elle était adressée rit aux éclats de l'assurance de la baronne, et aussitôt qu'elle vit le comte D... elle lui fit voir la bienheureuse

lettre. Elle n'excita pas moins l'hilarité de
celui qui se voyait traité comme une marchandise prohibée, qu'elle n'avait excité
celle de la femme à qui l'on interdisait
l'usage de cette marchandise. La blonde
timidité de la première rivale de madame
V..... avait reculé devant la menace ; la
brune et robuste intrépidité de la seconde
se sentit aiguillonnée ; nouvel exemple de
ce qui se voit si souvent en ce monde : une
même cause produisant des effets divers.

Le résultat de la lettre de la baronne
fut précisément le contraire de ce qu'elle
en espérait. Quand D..... sortit de chez la
femme menacée il n'avait plus rien à désirer.

Il alla chez madame V.....

—Ètes-vous folle? lui dit-il d'un ton
un peu sec. Où aviez-vous la tête quand
vous avez écrit cette lettre à madame.....?

—Elle vous l'a donnée! dit la baronne se levant furieuse; elle est votre maîtresse!

—Je pourrais vous répondre oui ou non, dit le jeune Russe; mais j'aime mieux vous signifier que je trouve cette inquisition très-déplacée et que vous m'obligerez beaucoup en y mettant un terme.

—N'êtes-vous pas mon amant? dit la baronne en se posant devant le comte comme une reine de tragédie.

—Ma foi, dit le diplomate avec cette bonne foi et cette naïveté des gens qui ne croient à rien en matière d'affection, je n'ai jamais pris ces choses-là au sérieux, et je suis très-surpris de vous les voir prendre ainsi, je vous l'avoue!

La baronne lui jeta un regard foudroyant: la femme la plus dépravée, quand elle est dominée par un sentiment réel, a quelque chose en elle qui l'élève et la rend

intéressante. C'est le triomphe de la vérité sur l'erreur.

—Vous ne méritez pas l'amour que vous
m'avez inspiré, lui dit-elle, et pourtant je
ne puis me résoudre à vous perdre. Je
vous aime encore, moi, si vous ne m'aimez plus !

La nature avait eu le premier mouvement ; la civilisation ou la corruption reprit bien vite ses droits.

—Je dis que je vous aime, continua la
baronne en marchant à grands pas et en
agitant fortement son mouchoir en guise
d'éventail, je n'en sais rien ! mais ce que
je sais, c'est que cette insolente créature
ne vous possédera pas malgré moi ; elle
verra de quoi je suis capable.

—Vous êtes folle ! dit le comte qui ne
pouvait imaginer que madame V..... parlât sérieusement.

En effet, que ferait la baronne? **Entre**
hommes, une menace pareille a de terribles effets; un duel est au bout du mot
Je ne veux pas, et, la question de duel mise
à part, on ne peut s'empêcher de recon-
naître que c'est la plus logique des causes
qui amènent un combat singulier. L'honneur même outragé n'est pas vengé par la
mort de l'offenseur, encore moins par celle
de l'offensé; tandis que deux prétentions
étant en présence, la mort de l'un des deux
prétendants laisse au moins le champ libre à son rival. Mais ce qui est très-facile à
établir entre hommes, il n'y a pas moyen
d'y songer entre femmes. Madame de
Nesle et madame de Polignac ont bien pu
se battre il y a quelque soixante ans; deux
duchesses de nos jours ont bien été sur le
point de renouveler ce singulier combat;
il n'en est pas moins vrai que l'idée d'un

duel entre deux femmes a toujours quelque
chose de burlesque qui inspire plutôt l'envie de rire qu'une crainte sérieuse. Le
comte D..... se disait tout cela, et ne redoutait rien de ce côté-là ; quant à une
scène en public, il n'était pas assez au courant des mœurs de madame V..... pour
admettre qu'elle fût capable d'y songer.
Elle clabaudera, pensait-il, je n'y ferai pas
attention, ni madame..... non plus, et puis
tout sera dit : Dans un mois, d'ailleurs, au
plus tard, je retourne à Moscou ; il n'y a
pas de quoi m'empêcher de dormir.

Il laissa madame V..... à sa colère et
alla rejoindre sa rivale qu'il accompagna le soir même à l'Opéra.

L'infortuné diplomate ne savait pas ce
que c'était que la fougueuse madame V.....
Le post-scriptum de sa lettre à la nouvelle
maîtresse du comte avait été parfaitement

apprécié par celle-ci, autre virago qui n'aurait pas reculé devant l'esclandre la plus éclatante.

—La baronne est capable de tout, avait-elle dit à M. D....., mais elle trouvera à qui parler.

Le comte n'avait été que médiocrement charmé de la valeur que témoignait sa nouvelle conquête : par amour-propre, il ne voulut pas reculer; mais il se promit bien, sans retourner à la baronne, de ne pas rester longtemps exposé à se voir l'Hélène d'une nouvelle guerre de Troie.

Il alla donc à l'Opéra avec sa maîtresse. Tout à coup celle-ci lui frappa sur le bras, en lui disant, avec l'air que prendrait un brave soldat pour dire à son camarade : voilà l'ennemi !

—Voilà la baronne !

Et elle indiquait sa rivale avec sa lorgnette de la façon la plus impertinente.

D... était au supplice : il n'était pas besoin que l'on lui dénonçât la présence de madame V..., il ne l'avait que trop vue, et il s'était établi dans un coin de la loge, évitant de porter ses regards du côté de la terrible jalouse, et méditant peut-être les moyens d'opérer honnêtement sa retraite.

— Je l'ai vue, dit-il, avec un peu d'humeur; il me semble au moins inutile d'avoir l'air de la braver.

— C'est elle qui me brave, dit la belliqueuse rivale de madame V... en braquant sur elle sa lorgnette avec audace. Ne voyez-vous pas ses regards insolents?

Le comte D... aurait donné mille louis pour être à tous les diables, et il est probable qu'il y envoyait *in petto* ces deux terribles antagonistes. Il eût voulu que le spectacle durât éternellement. Enfin, il vit avec terreur commencer le dernier acte du ballet. Cependant, en désespoir de cause, il jugea que ce qu'il y avait de plus prudent était de quitter la salle avant la fin de la représentation, parce que, s'il devait y avoir un éclat, du moins tout Paris ne serait pas dans la confidence.

— N'avez-vous pas vu cent fois ce ballet? dit-il à madame... Je vais demander votre voiture.

— Cent fois! s'écria l'amazone ; mais, c'est la seconde représentation !

— Ah ! fit le comte avec un soupir. Eh bien, n'avons-nous pas le temps de le voir un autre jour?

— Est-ce que vous avez peur? dit la rivale de la baronne avec un accent guerrier qui fit dresser les cheveux sur la tête au malheureux comte D...

— Sans doute, dit-il avec une humeur

plus marquée; j'ai peur d'être acteur dans une scène éminemment ridicule dont tout Paris sera témoin.

Sa nouvelle maîtresse le regarda d'un air de pitié, sans mot dire, et, pour toute réponse, elle se contenta de recommencer à lorgner la baronne d'un air de triomphe.

La toile tomba. Madame... prit le bras de M. D..., qui était réellement consterné et inquiet au plus haut degré de ce qui allait se passer; car il était évident qu'en admettant que la baronne ne fût pas venue à l'Opéra dans l'intention de faire un éclat, les bravades de madame... avaient dû l'exaspérer, et que l'on pouvait s'attendre à tout.

Comme M. D... et sa compagne arrivaient au bout du corridor et allaient mettre le pied sur la première marche du grand escalier, la baronne, fendant la presse, vint se poser devant eux, et, retirant vivement le bras que madame... avait passé sous celui du comte :

— Je vous demande bien pardon, madame, lui dit-elle ; mais je vous ai prévenue : on prend son bien où on le trouve.

Quelle que fût la résolution de la rivale de la baronne, cette résolution s'évanouit devant une agression aussi brutale. Elle n'avait jamais cru que madame V... se permit d'en venir aux voies de fait : elle s'attendait à une sortie, et elle se tenait préparée pour la riposte ; mais en voyant la violence à laquelle la baronne avait l'audace de se porter, elle sentit son courage faiblir, et elle dit au comte, avec un accent beaucoup plus en harmonie avec la faiblesse qui fait une des plus charmantes attributions de son sexe (vieux style) :

— Eh bien, monsieur le comte?

Cette simple parole produisit tout l'effet qu'elle pouvait en désirer. Le comte, qui avait pris la résolution arrêtée de s'éloigner et de laisser en présence ces deux femmes qu'il regrettait amèrement d'avoir rencontrées, le comte, dis-je, ne vit plus dans la baronne qu'une insensée qui abjurait la modération de son sexe, et qui se mettait dans le cas d'être presque traitée comme un homme; tandis que madame... lui parut avoir tous les droits possibles à la protection qu'un galant homme doit à la faiblesse outragée et qui réclame de lui cette protection. Il dégagea violemment son bras gauche, dont madame V... s'était emparée, et reprenant celui de madame... :

— Venez, madame, lui dit-il; ne craignez rien.

Puis, écartant par un geste ferme, quoique plein de modération, la baronne stupéfaite :

— Veuillez me laisser passer, madame, lui dit-il d'une voix sévère ; ne me forcez pas à me faire faire place moi-même.

Les assistants applaudirent par un murmure approbateur à ce peu de mots pleins de dignité. D'abord stupéfaits, comme le comte lui-même, ils avaient bien vite deviné de quoi il s'agissait. Madame V... était connue : tout le monde savait à Paris qu'elle était la maîtresse du comte D... Il fut facile à des gens qui étaient au fait de ces particularités et du caractère du personnage, de voir qu'il y avait sous jeu une affaire de jalousie. Un coup-d'œil jeté par la baronne sur les personnes qui l'entouraient suffit pour lui prouver qu'elle était loin d'être approuvée. Mais ce même coup-d'œil lui fit découvrir, à quelque distance, un homme avec qui elle n'avait jamais eu de relations, mais qui l'avait recherchée, et que, pour une raison ou pour une autre, elle n'avait pas accueilli favorablement. Avec cet aplomb qui la caractérisait, la baronne lui fit signe d'approcher, et quand il fut près d'elle :

— Et vous, monsieur, lui dit-elle d'une voix agitée par la colère, voulez-vous me donner votre bras?

M. de M..., qui était un homme plein de bonnes manières, prit gracieusement le bras de madame V..., et la conduisit jusqu'à sa voiture, où elle le pria de monter avec elle.

Le lendemain, à la suite d'une petite explication que M. de M... avait eue avec le comte D..., le pauvre garçon portait en écharpe le bras qu'il avait si galamment mis à la disposition de la baronne.

Ce fut sur ces entrefaites que le comte quitta Paris. Rien ne peut peindre l'étonnement dans lequel il fut plongé, quand il vit, en s'arrêtant à Berlin, entrer dans sa chambre, sans se faire annoncer, la terrible baronne V... habillée en homme.

— Bonté du ciel ! s'écria-t-il ; est-ce bien vous, madame la baronne ? Que venez-vous faire dans ce pays-ci, et que signifie ce costume ?

— C'est bien moi ! dit la baronne, pâle de colère ; mais ce n'est pas la baronne V..., ce n'est pas une femme qui vous parle. Cet imbécile de M... a eu la bêtise de se faire camper un coup d'épée par vous : tant pis pour lui. Je cours après vous depuis votre départ ; je viens enfin de vous atteindre : si vous n'êtes pas un lâche, vous me rendrez raison de l'outrage que vous m'avez fait. Nous nous battrons au pistolet : soyez tranquille, j'ai du sang-froid.

Le comte, qui était brave comme un sabre, trouva des plus burlesques la proposition de la baronne, et surtout l'effet qu'elle avait attendu de ces mots : « Si vous n'êtes pas un lâche. » Il ne put retenir un immense éclat de rire, lequel se prolongea au point d'exaspérer la baronne, qui s'avança furieuse vers M. D..., et lui dit d'une voix tremblante de rage et de colère :

— Insolent !

Cette nouvelle provocation n'était pas de nature à calmer l'hilarité du comte ; elle redoubla au contraire. Mme V..., au comble de la fureur, s'approcha du diplomate, ou plutôt s'élança sur lui, et lui sangla un vigoureux soufflet.

Le procédé était un peu leste. Le comte cessa de rire tout à coup : il résolut de donner une leçon à cette insensée, et reprenant son sérieux :

— Puisque vous m'y forcez, lui dit-il, qu'il soit fait selon votre désir.

Il sonna ; son valet de chambre parut. D... lui dit en russe quelques mots, et bientôt après, un jeune homme que Mᵐᵉ V... reconnut pour le secrétaire du comte entra tenant une boîte de pistolets.

— Monsieur, lui dit M. D..., vous allez me servir de témoin : je vais me battre avec monsieur qui m'a outragé. Vous savez ce que vous avez à faire en cas de malheur.

Puis il ajouta en russe une phrase ou deux, et dit à la baronne :

— Quand il vous plaira. Vous n'avez pas de témoin ?

— Monsieur nous suffira pour tous deux, dit Mme V... sans montrer d'émotion ; je m'en rapporte à votre honneur et au sien. Je vois, du reste, dans ses yeux qu'il m'a fort bien reconnue.

— Sur ma parole, dit le secrétaire en s'inclinant, monsieur le comte m'a ordonné de ne voir en vous qu'un jeune homme avec qui il va avoir une affaire d'honneur.

On monta en voiture. On se rendit dans un lieu écarté que le secrétaire indiqua. La baronne était calme, ou si elle montrait quelque agitation, il était facile de voir qu'elle était causée par la colère et non par l'effroi.

Le secrétaire chargea les pistolets et mit les combattants à quarante pas.

— C'est bien loin, dit la baronne.

— Seul avec une pareille responsabilité, répondit le jeune Russe, il est de
mon devoir de diminuer les chances d'ac-
cident. Il faut procéder ainsi, ou je me
retire avec mes armes.

— C'est bien, dit la baronne ; je crois
m'être assez exercée pour toucher à cette
distance.

Puis elle s'avança vers le comte et lui
dit gravement :

— Monsieur le comte, si je succombe,
jurez-moi sur l'honneur que vous seul me
donnerez des soins, et que ce jeune
homme ne mettra pas la main sur mon
corps.

Le comte sourit à l'expression de ce sentiment de pudeur si peu en harmonie
avec tout le reste de la conduite de cette
étrange créature. Il lui fit la promesse

qu'elle réclamait, et la baronne alla résolument occuper la place que lui avait assignée leur unique témoin.

Le sort fut appelé à décider lequel des deux adversaires tirerait le premier. La chance favorisa la baronne; elle ajusta le comte avec sang-froid, lâcha la détente et fit un geste d'impatience en voyant son ennemi rester debout. Mais il eût été impossible de découvrir sur son visage la moindre trace de terreur ou d'inquiétude.

— A vous, monsieur, dit-elle.

Le comte D... était sérieux et calme. Il ajusta à son tour la baronne; le coup partit et Mme V... resta immobile, seulement elle était extrêmement pâle.

— Veuillez recharger les pistolets, monsieur, dit-elle vivement au secrétaire, et permettre que nous nous placions à une distance plus rapprochée.

— Cette femme a le diable au corps, pensa le comte; puis s'approchant de sa belle ennemie :

— Je vous jure, lui dit-il, que je ne continuerai pas un combat aussi déplacé. Agréez mes excuses, et recevez mes compliments sur votre courage.

— Je ne vous rendrai pas ce compliment, dit la baronne avec dédain, vous êtes un lâche.

Le comte regarda en souriant son secrétaire; celui-ci crut devoir intervenir pour la forme : il déclara qu'il ne se prêterait pas au renouvellement du combat.

— Comme il vous plaira, dit la baronne, qui, après tout, devait, quoiqu'elle n'en eût rien témoigné, avoir passé un assez vilain quart-d'heure. Il n'en est pas moins vrai que M. le comte est un lâche.

Elle s'éloigna rapidement. Le comte, dont il est inutile de dire que les preuves étaient faites depuis longtemps, rit de bon cœur de ce qui venait de se passer, et dit à son secrétaire, en remontant avec lui en voiture pour poursuivre son voyage :

—Michel, si la baronne savait qu'il n'y avait pas de balles dans les pistolets, elle vous assassinerait.

IV

L'Empereur, en donnant à ses frères et
à ses sœurs des couronnes et des princi-
pautés, leur avait dit :

— Je vous fais rois ou reines, princes
ou princesses ; c'est à vous à faire le reste.
Soyez rois et princes, si vous pouvez.

V.   8

On sait de quelle manière ils ont pro-
fité de la recommandation !

Dans le nombre, il y avait une des sœurs
qui était sa favorite. Belle comme une
statue antique, la princesse à qui n'était
échu aucun lot qui eût quelque importance politique jugea que ce qu'elle avait
de mieux à faire était de jouir des biens
que le ciel et son frère lui avaient donnés,
et que la meilleure manière de vivre en
princesse était de faire tout ce qui lui passerait par la tête ! et Dieu sait ce qui passait
par cette jolie tête ! L'Empereur fut loin
d'être du même avis que la princesse ;
plus d'une fois il la sermonna vertement ;
plus d'une fois il parla de faire intervenir
l'autorité d'un coup d'État dans le boudoir de sa sœur, charmant royaume dans
lequel la belle princesse se contentait de ré-
gner. Ce qui déplaisait surtout à l'Empe-

reur, c'était le nombre des sujets qu'elle y avait soumis à sa puissance. Il trouvait, avec raison, qu'il était peu convenable que l'on pût dire, comme cela se disait, que l'on ferait un régiment plus nombreux que ceux de la Garde avec les élus de ce gracieux empire. Il est de fait qu'ils se succédaient avec une rapidité vraiment effrayante.

La princesse avait été aux eaux d'Aix-la-Chapelle. Elle rencontra sur son chemin un officier polonais dont la charmante figure la frappa. Quelques jours après, l'heureux Polonais était admis dans l'intimité de la princesse qui était sans contredit une des plus belles personnes de l'Europe. Mais sa faveur ne pouvait durer plus longtemps que ne le comportaient les habitudes de sa belle maîtresse. Il fut détrôné avec autant de rapidité qu'il en avait mis à vain-

cre. La perte d'une si charmante possession
le rendit très-malheureux. La princesse ne
comprit rien à la douleur du pauvre garçon : elle continua de le traiter de la manière la plus aimable. Elle avait donné à
un autre la place qu'il occupait dans son
cœur ou plutôt dans son boudoir : voilà
tout ; mais elle lui continuait ses bonnes
grâces. A son tour, le Polonais y perdait
son latin. Il ne pouvait s'imaginer qu'il
eût été pris et quitté comme un vêtement
ou une parure. Il croyait avoir, sans s'en
être aperçu, commis quelque faute à laquelle il devait attribuer la disgrâce où il
pensait être tombé. Il confia ses peines à
une des dames de la princesse qui était
dans le secret des amours de sa maîtresse.
Celle-ci rit au nez du malheureux Polonais quand l'infortuné lui dit d'un air
tragique :

—Que lui ai-je donc fait pour qu'elle ne m'aime plus?

— Qui cela? dit la maligne confidente.

— Comment, qui cela? mais, la seule personne à l'amour de laquelle je puisse tenir!

— Parleriez-vous de la princesse? dit la dame pour accompagner.

—Sans doute, dit le Polonais.

—Ah! vous êtes charmant, mon cher comte, s'écria la confidente; que venez-vous me parler d'amour? où en serait-on, bon Dieu! s'il fallait aimer tous ses amants!

Le mot aurait pu être pris d'une manière ironique; ce qui le rend caractéristique, c'est qu'il fut dit avec une naïveté et une bonne foi qui parlent plus haut que tous les commentaires.

Le bon Polonais se le tint pour dit et se consola, dit-on, avec la confidente elle-même ; quand il quitta les eaux, il prit congé de la belle princesse qui lui demanda s'il comptait venir à Paris l'hiver suivant. Le comte répondit affirmativement.

— Je serai charmée de vous voir, lui dit la princesse avec un de ses plus gracieux sourires.

L'hiver suivant, le Polonais vint effectivement à Paris. Soit reconnaissance, soit espoir de voir renaître des instants dont il avait gardé un agréable souvenir, sa première affaire fut de rendre ses devoirs à la princesse. Mais à Paris, l'étiquette sévère de la cour impériale avait remplacé le laisser-aller des eaux d'Aix-la-Chapelle, il fallut passer par le cérémonial de la présentation officielle.

Le jour de cette présentation arriva. Le comte est introduit, le chambellan de service le nomme à la princesse qui le regarde

attentivement, et répétant deux ou trois
fois le nom qu'on venait de prononcer :

—M......ky! dit-elle, en cherchant à se
rappeler ; M......ky! oui, je connais ce
nom-là ; je crois vous avoir déjà vu quelque part.

Le comte M......ky restait pétrifié : d'a-
bord il crut que la princesse, pour une
raison ou pour une autre, tenait à cacher
son jeu. Il s'inclina respectueusement sans
répondre. Mais il paraît que la princesse
y tenait.

—Ne voulez-vous pas m'aider, monsieur? dit-elle gracieusement : je crois
vous avoir déjà vu, mais je ne me rappelle
pas en quel temps et en quel endroit.

Le comte trouva à peine la force de dire :
— Cet été, à Aix-la-Chapelle!...

—Parfaitement, parfaitement, dit la
bonne princesse; M......ky! je me rappelle,

à présent. Vous allez bien ? Il faudra venir nous voir : nous danserons la mazourka.

Et elle mit fin à l'entretien avec ce geste si commode pour les princes quand ils ne sont pas disposés à entendre, ou qu'ils ne trouvent rien à dire.

Le comte M......ky s'éloigna anéanti. En effet, ce qui venait de se passer était fabuleux. Du mois de juillet au mois de décembre, une princesse avait peine à se rendre compte de ce qu'était un homme qui avait été son amant, et *du lieu où elle l'avait vu !*

En vérité, la sévérité, ou plutôt la mauvaise humeur de l'Empereur était bien comprenable, en présence de pareils faits !

Ce qui est un peu moins naturel, c'est le résultat que les incartades des sœurs de Napoléon finissaient toujours par amener.

L'Empereur prenait de l'humeur ; la

sœur dont il était question recevait une mercuriale plus ou moins forte, et dont elle s'inquiétait assez peu, attendu que cela ne l'empêchait pas de recommencer sur de nouveaux frais, et le trop heureux et trop malheureux complice de la pecca- dille payait presque toujours les pots cas- sés. L'Empereur l'envoyait ordinairement en Espagne; et plus d'un brave officier alla expier sur cette terre de destruction, qui a dévoré tant des nôtres, quelques in- stants d'une faveur qui, bien souvent, était venue le chercher, et à laquelle il n'eût pas osé prétendre. Quelques-uns en sont revenus; d'autres y ont trouvé la mort, à laquelle cet exil semblait les dévouer d'a- vance.

Ce fut le destin de M. de Canouville. Il était très-bien et très à la mode : une des princesses de la cour impériale s'en passa

la fantaisie, et, contre l'habitude, la chose
se prolongea assez pour que l'on en parlât
dans le monde.

L'Empereur savait tout. Il apprit bientôt la liaison de M. de Canouville et de sa
sœur et le bruit que faisait cette liaison ;
il se promit de saisir la première occasion qui se présenterait d'y mettre bon
ordre. Elle ne tarda pas à s'offrir.

L'empereur de Russie ou le schah de
Perse, je ne sais lequel des deux, avait
fait présent à Napoléon de deux peaux de
tigre d'une rare beauté. L'Empereur en
avait donné une à celle de ses sœurs qui
avait des bontés pour le beau M. de Canouville. Pour sa perte, M, de Canouville eut
le malheur de dire un jour que cette peau
de tigre ferait une bien belle chabraque.
Deux heures après, la princesse, qui était
alors dans le paroxysme de son goût pour

M. de Canouville, avait envoyé chez lui la bienheureuse peau de tigre.

M. de Canouville ne songea pas à faire montre sous les yeux de l'Empereur de ce malencontreux don d'amour. Il fit venir son sellier, lui recommanda la peau, qui était vraiment une rareté, et, trois ou quatre jours après, M. de Canouville était possesseur de la plus belle chabraque de France.

Il était impatient de voir arriver le jour de la parade, pour étaler sa magnifique chabraque aux regards de la cour, et s'en faire honneur sous les yeux de sa belle maîtresse, qui assistait d'ordinaire à la parade à une des fenêtres des Tuileries.

Ce jour arriva enfin. M. de Canouville revêt son plus brillant uniforme, fait seller son plus beau cheval, le pare de la magnifique chabraque de peau de tigre, et arrive radieux à la parade. Dès qu'il fut dans la cour du Carrousel, un de ses camarades, avec lequel il était intimement lié, fit une exclamation et lui dit :

— Où diable as-tu pris cela ? Tu as une chabraque pareille à celle de l'Empereur.

M. de Canouville jeta un coup d'œil du côté où était Napoléon, et vit avec terreur qu'en effet la chabraque de l'Empereur était exactement semblable à la sienne. Pour la première fois, il songea aux conséquences que pouvait avoir l'imprudence qu'il avait commise. Il n'y avait pas moyen de s'en aller : la parade était commencée. Il n'eut d'autre ressource que de s'éclipser de son mieux au milieu du groupe des autres aides-de-camp, et de chercher à éviter les regards avec autant de soin qu'il se promettait d'en mettre à les attirer quand

il était monté à cheval, une demi-heure
auparavant.

Mais le sort en était jeté ; il fallait que
rien ne manquât à sa mésaventure. Dans
un mouvement, il fut obliger de s'isoler
pour commander une manœuvre que le
roi de Naples lui avait ordonné de faire
exécuter. Le cheval que montait M. de Canouville était très-beau, mais très-ombra-
geux. L'animal a peur, et voilà qu'il se
met à reculer tout à coup avec tant de violence, que son cavalier, qui n'avait encore
pu s'en rendre maître, sent un choc épouvantable, et s'aperçoit que son cheval est
allé donner de la croupe dans la croupe
d'un autre cheval. Il se retourne pour
voir à qui il a à faire des excuses de l'incartade de son cheval, et reste pétrifié en se
trouvant vis-à-vis de l'Empereur, dont le
visage était pâle de colère.

— Quel est ce maladroit? dit sévèrement Napoléon. C'est vous, M. de Canouville? Que faites-vous ici? pourquoi n'êtes-vous pas à l'armée?

M. de Canouville demeura stupéfait : il n'avait reçu aucun ordre, et il était à son devoir. Il le dit respectueusement à l'Empereur.

Pendant qu'il parlait, les regards de celui-ci tombèrent sur la malheureuse chabraque, qu'il n'aurait peut-être pas aperçue sans la malencontreuse incartade du cheval. L'Empereur ne dit pas un mot; il lança un coup d'œil foudroyant au pauvre M. de Canouville, et s'éloigna.

Napoléon appela le roi de Naples et lui adressa vivement quelques paroles dont M. de Canouville ne voyait que trop qu'il était l'objet.

Le soir même, l'aide-de-camp reçut

l'ordre de partir dans les vingt-quatre heures pour l'Espagne, où il fut coupé en deux par un boulet de canon.

Un de ses collègues en bonheur fut, comme lui, envoyé en Espagne pour la même cause, et en rapporta sa peau. Il est vrai que M. de F.., ne s'exposait pas témérairement comme le faisait le brave M. de Canouville. Mais chacun a sa manière de voir, et puis le courage ne se manifeste pas toujours de la même manière. Il y a des occasions où il faut en avoir beaucoup pour exécuter certaines choses. On prétendait que M. de F... en avait donné une preuve éclatante dans ses relations avec la princesse en question.

Elle avait contracté dans les colonies une assez désagréable maladie dont elle n'avait jamais pu se débarrasser complétement, et qui avait fini par se résumer en

une dartre vive à la main. M. de F...,
qui avait le courage civil plus développé
que le courage militaire, ne reculait
devant aucune complaisance pour prouver à la belle princesse qu'il lui était dévoué corps et âme. Il paraît que rien n'é-
tait plus capable de convaincre cette charmante personne de l'amour qu'elle inspi-
rait que l'absence de toute répugnance
pour la maladie dont elle était affligée, et
que M. de F... poussa l'abnégation et le
désir de prouver son amour jusqu'à déposer un tendre baiser sur la plaie de l'exigeante princesse. Je ne sais en vérité s'il
ne faut pas plus de courage pour se résoudre à un pareil acte que pour passer quatre ou cinq heures au milieu des balles
et des boulets.

Il faut croire que la princesse eut la faiblesse de se vanter de la victoire qu'elle

avait remportée en cette occasion , car la chose fut connue dans le monde, et le soin avec lequel M. de F... nia le fait prouve qu'il fut assez modeste pour ne pas se vanter de son héroïsme. Il ne prétendait pas que la chose fût entièrement controuvée ; mais il affirmait que la princesse avait un gant. Cependant je crois savoir de science certaine, qu'étant un jour en petit comité, chez la duchesse de R... avec qui il était intimement lié, M. de F... finit par avouer aux deux ou trois personnes présentes que la main princière était dégantée. Après un tel aveu, il serait difficile de croire que ce fût par peur que M. de F... s'était retiré derrière les caissons, lorsqu'on l'y trouva à la suite de la bataille de Vimiero. Il était sans doute occupé à faire un croquis de la bataille, et il est très-présumable que si nous n'avons pas eu le tableau qui devait s'ensuivre, ce fut uniquement pour ne pas produire, sous la Restauration dont il s'était déclaré un des amis les plus fervents, une œuvre qui eût perpétué le souvenir de la position qu'il avait occupée sous le règne de l'*U-surpateur*.

Du reste, la princesse, dont les faveurs coûtèrent la vie à M. de Canouville, et auraient pu la coûter à M. de F..., était bonne par excellence, ce qui ne l'empêchait pas d'avoir quelquefois maille à partir avec ses sœurs. Une petite querelle de préséance entre elles donna lieu à un bien joli mot de l'Empereur, qui fait bien voir que la haute destinée qu'il avait conquise ne lui avait point tourné la tête, comme veulent bien le dire certaines gens qui n'ont aucune raison pour savoir la plus petite particularité sur son compte.

La grande duchesse de Toscane, la grande duchesse de Berg et la princesse Borghèse avaient un jour une petite altercation sur une question de préséance. L'Empereur arrive et s'informe du sujet du débat. On le lui apprend.

—Taisez-vous donc, leur dit-il en riant; êtes-vous folles? on dirait que vous vous disputez l'héritage du roi notre père.

Louis XVI, dans une occasion à peu près semblable, mit fin à une discussion entre la comtesse de Provence et la princesse de Condé, qui réclamaient toutes deux la préséance pour leur famille, en leur disant :

— C'est bon, c'est bon! ne vous disputez pas! vous êtes toutes deux de bonne maison!

Le mot de Louis XVI est spirituel, celui de l'Empereur est profond; et l'on

peut même faire cette observation qui
n'est peut-être pas dénuée d'utilité, à savoir que Louis XVI, qui a une grande réputation de simplicité et de bonhomie, a
dit un mot plein d'orgueil, tandis que
l'Empereur, qu'on se plaît à représenter
comme l'orgueil incarné, a dit un mot
plein d'humilité et de saine philosophie.

Pour en revenir à ma princesse, il ne faut
pas se faire une fausse idée de ce qu'elle
était par cette facilité de mœurs et cette espèce de dévergondage en matière d'affection. Elle obéissait à sa nature méridionale,
et le malheur venait de ce qu'elle n'avait
pas une intelligence supérieure pour ré-
primer l'ardeur de ses penchants. Elle ne
comprenait rien aux fureurs dans lesquelles l'Empereur entrait à ce sujet. La facilité avec laquelle elle s'abandonnait à cette

nature faisait qu'il lui était impossible de voir où était le mal d'agir ainsi.

Ce qui le prouve, c'est la réponse naïve qu'elle fit à ma mère à propos de sa statue d'après nature par Canova. Cette statue représente la princesse dans le costume exact de la Vénus de Médicis. Elle en faisait un jour les honneurs à ma mère, et s'appesantissait beaucoup sur l'exactitude du sculpteur qui avait reproduit d'une manière remarquable les nombreuses beautés de son modèle.

— Comment, madame, lui dit ma mère, Votre Altesse Impériale a posé comme cela, devant Canova?

— Mais sans doute; pour qu'il fît ma statue, il fallait bien que je posasse!

— Pardon, reprit ma mère, Votre Altesse Impériale était ainsi, sans robe?.....

— Oh! il y avait du feu, dit naïvement

la princesse, s'empressant de rassurer ma
mère, qu'elle ne croyait préoccupée que
de la crainte qu'elle se fût enrhumée.

Il est cependant hors de doute que ce ne
fut point par libertinage que cette altesse
impériale et royale, la sœur de l'empereur Napoléon, venait poser devant Canova *toute nue*, pour appeler la chose par
son nom.

Elle fit une fois une très-belle action dans
cet ordre d'idées. Il est vrai que l'extrême
facilité qu'elle apportait dans le changement peut faire paraître cette action moins
belle; mais combien n'y a-t-il pas de
femmes qui n'auraient pas agi comme elle,
et que la contradiction eût pu rendre fi-
dèles par hasard.

Une des dames de la princesse était liée
avec un homme fort aimable. La princesse
ne savait pas un mot de cette liaison;

mais elle s'aperçut que cet homme était
en effet fort agréable, et elle lui fit les
avances les plus significatives. Il l'avoua
à sa maîtresse. Celle-ci était une femme
douce, de peu d'esprit, facile à effrayer ;
elle pleura beaucoup, mais n'eut le courage
ni de conseiller à son amant de repousser
les illustres avances qui lui étaient faites,
ni de s'ouvrir à la princesse en l'instruisant
de ce qui existait entre elle et M. de R...;
elle craignait sans doute d'exciter la colère et peut-être la haine de la princesse,
qui, du reste, lui était bien mal connue.
Mais la pauvre femme se disait :

> La colère du roi, comme dit Salomon,
> Est terrible, et surtout celle du roi Lion.

Elle se trompait étrangement ; la princesse
était bonne princesse dans toute la force
du terme.

Naturellement, les choses ainsi arran-

gées, M. de R... ne tarda pas à obtenir de
la princesse ce qu'il n'aurait jamais songé
à lui demander, mais ce qui, après tout,
valait bien la peine qu'on le prît quand on
en avait la possibilité.

Il y avait quelques jours que cela durait
quand un jour, la princesse entrant brusquement dans un salon où était la dame à
laquelle elle avait pris son amant, la trouva
pleurant comme une Madeleine. Elle lui
demanda ce qu'elle avait ; refus d'abord de
la part de la pauvre femme, puis insistance
de la princesse ; enfin, aveu complet de ce
qui faisait couler les larmes de la belle affligée. La princesse qui ne comprenait pas
grand'chose au sentiment, mais qui se rendait très-bien compte de la peine que l'on
pouvait éprouver en perdant un amant
que l'on aimait, sympathisa à la douleur
de cette pauvre femme.

—Vous êtes une enfant, lui dit-elle, consolez-vous. Envoyez-moi M. de R... et ne lui dites rien de ce qui s'est passé.

La maîtresse de M. de R... sécha ses larmes, et le soir, celui-ci fut introduit par la porte dérobée qui était consacrée à cet usage.

Mon ami, lui dit la princesse, vous êtes l'amant de madame...?

R... pâlit; il sentait que son règne était fini. Il balbutia une réponse négative.

— Pourquoi le nier, reprit la princesse : je le sais. Vous l'avez abandonnée pour moi, elle en est au désespoir; il faut la consoler. Je vous avoue que je ne renonce pas à vous sans quelque peine; vous me plaisiez beaucoup : mais je ne saurais trouver aucun charme à une liaison qui coûte tant de pleurs à une femme que j'aime beaucoup. Retournez à elle; rendez-la heureuse; elle le mérite.

R..., qui n'avait pas de prétentions à obtenir le prix Montyon, eût tout autant aimé laisser les choses comme elles étaient. Il essaya de persuader la princesse qui, inspirée sans doute par la bonne action qu'elle accomplissait, lui dit un peu sèchement.

—Je vous ai aimé, ne me forcez pas à cesser de vous estimer.

Les affaires reprirent leur train; R... retourna vers sa maîtresse qui ne pleura plus; et la princesse goûta dans une autre liaison le plaisir pur que donne l'accomplissement d'un devoir.

Ce n'est peut-être pas tout à fait ici le lieu de placer une certaine histoire dont ce M. de R... est le héros; mais je m'en voudrais de l'oublier, et puisqu'elle appar-

tient au temps qui nous occupe et que je
tiens son nom au bout d'une plume, je demande aux lecteurs la permission de leur
raconter mon historiette.

M. de R... reçut un jour par la petite
poste une lettre ainsi conçue :

« Vous êtes un misérable; depuis trois
« ans je vous cherche : demain je serai
« chez vous à midi. Il faut bien que je vous
« voie. Votre conscience qui doit vous par-
« ler de moi me dispense de signer. »

Cette lettre était, pour M. de R..., pire
que du chaldéen ou du sanscrit. Il ne savait
ce qu'on voulait lui dire : ce devait être
une méprise. Heureusement on lui annon-
nonçait un rendez-vous pour le lendemain;
il espérait qu'il aurait le secret de cette
énigme.

Le lendemain à midi, une voiture de

place s'arrête à sa porte, et il voit descendre une femme qui, à sa tournure, lui parait jeune encore. Elle se fait annoncer sans vouloir dire son nom, et demande à lui parler en particulier.

A peine est-elle entrée, qu'elle relève le voile qui lui couvrait le visage, laisse voir à M. de R..... une personne d'une grande beauté, et se pose devant lui en lui disant :

—Eh bien, Arthur, me voilà !

M. de R..... crut d'abord avoir affaire à une folle. Mais bientôt, sa seule pensée fut que cette femme n'était qu'une intrigante.

—Il est probable, madame, dit-il d'un ton froid, quoique très-poli, il est probable que vous vous trompez.

—Je me trompe, dit-elle, suis-je donc tellement changée que vous ne me reconnaissiez pas?

—J'ai une excellente mémoire, dit M. de R....., et je crois pouvoir affirmer que si j'avais jamais eu l'honneur de vous voir je me rappellerais parfaitement en quelle circonstance. Je vous déclare cependant que vous m'êtes complétement inconnue.

—Ah! c'en est trop! dit en pâlissant l'étrangère; vous m'avez tuée!

Elle serait tombée à la renverse, si M. de R... ne l'eût pas soutenue. Il était évident que cet évanouissement n'était point feint. Il sonna, lui fit prodiguer des secours, et devint de plus en plus étonné quand il vit entrer une autre femme, âgée, qui avait probablement attendu dans le fiacre, et qui, inquiète de sa compagne, était montée pour savoir ce qu'elle devenait.

Cette femme avait l'air respectable. M. de

R... la prit à part, et voici ce qu'elle lui raconta :

— Il y a trois ans, un M. Arthur de R... était venu à Varsovie et était devenu amoureux, à travers les grilles d'un couvent, d'une jeune personne noble et d'une grande beauté. C'était la femme qui avait parlé à M. de R... Il avait gagné une sœur converse, avec l'aide de laquelle il avait enlevé la jeune fille. Mais la nuit de l'enlèvement, au lieu de venir en France, selon ce qui était convenu, Arthur de R... emmena sa victime dans une maison isolée, la déshonora, et partit le lendemain seul, abandonnant là jeune religieuse et la sœur converse qui l'avait suivie. Ce ne fut qu'à l'aide des plus grandes précautions que ces deux infortunées parvinrent à quitter la Pologne. Trois ans elles furent sur les traces du séducteur, qui leur échappait

toujours. Enfin, hier elles étaient arrivées
à Paris, et mademoiselle de K... avait écrit
la lettre qu'on a lue.

M. de R... écoutait en rougissant ce récit. Il s'appelait Arthur, mais jamais il
n'avait mis le pied en Pologne. Le récit n'en
était pas moins exact. M. de R... avait un
cousin qui portait le même nom de bap-
tême que lui, et il ne doutait pas que ce
fût de lui qu'il s'agissait. C'était ce qui lui
faisait monter le rouge au visage. Il lui
fut facile de prouver à la vieille que ce
n'était pas lui à qui en voulait mademoiselle de K... Il avait bien quelque ressem-
blance avec son cousin ; mais un plus long
examen ne laissa aucun doute à la sœur
converse.

Pendant ce temps, mademoiselle de K...
était revenue à elle ; mais sa raison paraissait tout à fait égarée. Le pauvre M. de

R... ne savait à qui entendre. Il savait qu'en effet son cousin était revenu à Paris depuis quelque temps; mais il ne le voyait pas. Il le fit chercher. On apprit que M. Arthur de R..., le voyageur, était reparti le matin même; tout fut inutile pour découvrir sa trace. La police s'en mêla vainement. La malheureuse mademoiselle de K... ne put recouvrer la raison. L'honnête Arthur de R..., le seul digne de porter un nom honorable, se chargea de cette infortunée, qui, heureusement pour elle, succomba au bout de quelques mois.

V.

Il se passa dans ce temps-là une singulière aventure dans une des cours étrangères, qui pouvaient être regardées comme des succursales de la cour impériale, puisque les trônes étaient occupés par des

v.   10

princes français, que la plupart des grands dignitaires étaient Français, et qu'enfin les mœurs étaient exactement la reproduction des mœurs de Paris à cette époque. Je puis donc, ce me semble, sans sortir du cadre que je me suis tracé, raconter cette histoire, dont les détails sont assez piquants.

Deux Français, qui avaient accompagné le roi Joseph à Naples, se marièrent dans ce pays. L'un d'eux, le comte de P..., s'adressa à la famille de la jeune personne qu'il voulait épouser, non pas parce qu'il en était amoureux (son cœur était pris ailleurs), mais parce que cette alliance s'accordait merveilleusement avec les idées de fortune et d'ambition qu'il avait caressées. Sa demande ne fut ni agréée ni repoussée. On lui demanda le temps de réfléchir. Sur ces entrefaites, arriva à la cour de Naples un ami intime du comte de P..., qui

était déjà venu à Naples précédemment,
et qui allait familièrement dans la maison
où M. de P... désirait entrer en qualité
d'époux. La jeune Isabella avait jadis vu
d'assez bon œil M. de S..., qui lui avait,
un peu légèrement peut-être, fait un doigt
de cour lors de son premier voyage.
M. de S... avait tout à fait oublié cette
amourette, et peut-être Isabella elle-même
était-elle sortie complétement de son souvenir. Il revenait même à Naples avec l'intention avouée de se marier, et ce n'était
pas du tout à la jeune R... qu'il avait songé.
Son mariage avait été l'objet d'une négo-
ciation presque diplomatique. Il arrivait
avec des lettres du frère de la marquise
d'O..., lesquelles lettres engageaient très-
positivement la marquise à donner à M. de
S... sa fille Pascalina.

Voilà donc les choses en train de se con-

clure. Le comte de P... qui demande la
main de mademoiselle Isabella R..., et
M. de S... qui arrive tout exprès de Paris
pour épouser la jeune Pascalina d'O...:—
jusque-là, il n'y a rien de plus fade; mais
ce qui embrouille un peu les affaires,
c'est que M. de S..., qui, comme on l'a vu,
est d'ancienne date assez bien dans les pa-
piers d'Isabella, la prétendue de M. de P...,
M. de S..., dis-je, vient à Naples pour épouser dona Pascalina, laquelle se trouve tout
justement être celle pour laquelle M. de
P... a le cœur pris, ce qui, du reste, ne
va pas l'empêcher de faire un mariage de
raison.

L'arrivée de M. de S... compliqua donc
la question de la manière la plus grave.
Les parents d'Isabella venaient de se décider, et son mariage avec M. de P... était
pour ainsi dire arrêté, quand la vue de

son bien-aimé S... lui fit tourner la cervelle. Elle déclara qu'elle ne voulait pas se marier ; elle rompit net avec dona Pascalina qui n'était que trop disposée à lui en vouloir au sujet de M. de P... Bref, ce fut une rumeur à ne savoir à qui entendre.

Mais les parents des deux petites filles, qui étaient tout à fait ralliés au parti français, et qui n'étaient pas fâchés de contracter des alliances avec des hommes en bonne position, signifièrent à ces demoiselles qu'il fallait qu'elles se disposassent à obéir et à devenir, Isabella la femme du comte de P..., et Pascalina celle de M. de S....

Ce n'était pas le compte de dona Isabella. Cette jeune personne était la petite Napolitaine la plus décidée de la Péninsule. C'était un véritable volcan, image fidèle du terrible fléau de sa belle patrie. Elle se promit de renverser tout cet échafaudage de combinaisons diplomatiques, et il est vrai de dire que les moyens qu'elle employa semblaient devoir, par leur singularité, lui assurer le succès de son entreprise.

Elle alla trouver un matin dona Pascalina avec qui elle était brouillée. — Nous sommes deux sottes, lui dit-elle en l'embrassant ; on nous fait la guerre, et, au lieu de nous unir contre l'ennemi, nous nous brouillons entre nous : faisons une alliance offensive et défensive, et la victoire nous restera.

On voit, du reste, que dona Isabella était à la hauteur de la guerre qu'elle voulait entreprendre. Pascalina, qui n'avait pas de rancune, lui tendit la main, et le traité fut conclu.

— Voyons, dit Isabella ; tu aimes le comte de P...?

— Oui ! dit Pascalina.

— Et moi je le déteste ! — Et M. de S...?

— Je ne puis le souffrir.

— Mais moi je l'aime à la folie. Tu veux être la femme de celui que tu aimes : moi, je veux épouser celui que je préfère. C'est trop juste ; maintenant il faut aviser.

Isabella réfléchit quelques instants. Puis après cinq minutes de silence :

— Crois-tu que M. de S... soit bien amoureux de toi?

— Non, dit Pascalina, il est arrivé ici avec une lettre de mon oncle, il ne me connaissait pas. J'étais à Palerme lors de son premier voyage, et j'étais tout enfant. Je crois plutôt, ajouta-t-elle en souriant, qu'à cette époque il t'a remarquée....

— Il le disait du moins ! Dieu veuille
qu'il soit toujours le même ! — Et M. de
P... t'aime-t-il ?

— Il me l'a dit : il m'a juré que des ordres supérieurs l'avaient obligé à te demander en mariage, mais qu'il ne t'aimait
pas, que je serais toujours tout ce qu'il ai-
merait le plus au monde.

— *Da bravo !* dit la singulière petite
personne qui, à mesure que son amie
parlait, arrangeait dans sa tête le plan
étrange qu'elle voulait mettre à exécution.
Tout à coup se retournant vers Pascalina :

— Si tu lui donnais un rendez-vous,
crois-tu qu'il y viendrait? lui dit-elle.

— Jésus ! un rendez-vous, dit Pascalina,
y penses-tu !

— Certainement, j'y pense, dit vivement Isabella; y viendrait-il?

—Mais, dit Pascalina un peu effarouchée,

il me semble que.... je ne comprendrais pas trop pourquoi il n'y viendrait pas.

— Mets-toi là, dit Isabella, et écris au comte tout ce que tu voudras, donne-lui un rendez-vous pour ce soir ou pour demain, au plus tard !

— Tu es folle, dit la pauvre Pascalina. Tu me fais peur!

—C'est que tu ne m'as pas dit la vérité, s'écria Isabella avec emportement, tu veux épouser M. de S....!

— Je te jure que non, dit en pleurant Pascalina.

— Écris donc, dit Isabella.

Et elle prit la main de son amie, et la força, pour ainsi dire, à donner un rendez-vous au comte de P..., par une lettre qu'elle fut obligée de dicter, tant la pauvre enfant était terrifiée de ce qu'elle faisait.

Isabella prit le billet et le fit tenir au,

comte, qui, ne sachant à quoi attribuer cette bonne fortune, résolut d'aller au rendez-vous, tout lié qu'il était avec M. de S....

Celui-ci, du reste, n'avait garde de troubler son ami, car pendant que M. de P... était avec Mlle d'O..., M. de S... renouait avec la signorina Isabella cette vieille intrigue qu'il avait presque oubliée, mais qui était restée si vivace au cœur de la jeune Napolitaine.

Dans l'intervalle qui s'était écoulé entre la lettre et l'heure du rendez-vous, Isabella avait fini par faire entendre raison à Pascalina, si bien que M. de P... ne perdit pas son temps auprès de la jolie Mlle d'O.... Quant à Mlle de R..., elle s'était dit que M. de S... serait bien malin s'il lui échappait, et elle devait s'applaudir du succès de sa ruse.

Les rendez-vous se renouvelèrent. Des résultats trop positifs ne tardèrent pas à se manifester. Pascalina s'écria : Nous sommes perdues !

—Nous sommes sauvées ! s'écria l'audacieuse et confiante Isabella !

Elle dirigeait Pascalina : un soir, les deux jeunes filles donnèrent leur rendez-vous à leurs deux amants au même endroit : ces messieurs furent assez penauds. Isabella prit la parole.

—M. le comte, dit-elle à son prétendu, je vous pardonne l'infidélité que vous me faites avec Pascalina, parce que, comme vous le voyez, depuis le jour où vous êtes son amant, je suis la maîtresse de M. de S.....; vous comprenez, messieurs, que les choses ne peuvent pas rester dans l'état où elles sont; et si vous pouviez encore hésiter à échanger entre vous les rôles que vous jouez vis-à-vis de nous en public, votre hésitation cessera quand vous saurez que Pascalina et moi, nous sommes enceintes, elle de vos œuvres, M. le comte, moi de celles de M. de S.....

Les deux amis firent un cri de surprise : Isabella jouissait de son triomphe.

—S....., s'écria tout à coup M. de P..... en anglais (langue que ne connaissaient pas les deux jeunes filles), es-tu capable d'une grande résolution?

—Je crois que je t'ai compris, dit l'ambitieux S..... pour qui le mariage projeté avec mademoiselle d'O..... était d'une grande importance ; —on a voulu nous jouer. Jouons les autres.

—C'est cela ! s'écria le comte.

—Convenu, dit M. de S.....

—Mesdemoiselles, reprit en italien, M. de P....., ce que vous venez de dire est tout à fait grave; peut-être vos parents ne prendront-ils pas la chose avec autant de philosophie que nous, qui avons la conscience, après tout, que Pascalina sait bien que je l'aime et que vous savez bien que S..... vous aime aussi, dona Isabella. Dans ce cas, pour vous prouver que notre conduite sera en harmonie avec notre cœur, nous verrons le Roi demain matin, et nous le supplierons de nous donner un ordre qui ne permette plus à la marquise d'O..... et au comte de R.... d'hésiter. Avant deux jours tout sera prêt.

—Je compte sur votre parole, dit Isabella.

—Vous en verrez les effets, dit S..... en s'inclinant.

La position était neuve. Ces deux hommes aimaient jusqu'à un certain point ces deux jeunes filles qui s'étaient données à

eux. Mais chacune d'elles, par une bizar-
rerie de la destinée, devait irrévocable-
ment être la femme de l'amant de sa compagne pour servir l'ambition de ces deux
hommes de cour. Chacun d'eux eut l'horrible audace de regarder comme nulle la
découverte qu'ils venaient de faire; ils
firent déduction de leur déshonneur mu-
tuel comme en mathématiques deux quan-
tités égales placées dans des termes diffé-
rents se détruisent entre elles dans certains
cas. Ils allèrent donc trouver le Roi; et
M. de S....., qui était le mieux en cour,
fut chargé d'arranger la chose.

Le Roi, qui ne sut que ce qu'on voulut
bien lui dire, se fit le complice de cet acte
de courtisanerie. S..... lui exposa ainsi
la chose.

—Sire, lui dit-il, le comte de P..... et
moi nous espérons que Votre Majesté vou-

dra bien nous aider à sortir d'un mauvais
pas où nous nous sommes mis. Votre Majesté sait que nous devons épouser les filles
du comte de R..... et du marquis d'O....;
mais, malgré le consentement des parents,
consentement déjà accordé, nous crai-
gnons de voir traîner les choses en longueur, et j'avouerai à Votre Majesté que
nous serions bien aises tous les deux d'en
terminer le plus tôt possible, non pour
nous, mais pour celles qui doivent porter
nos noms.

—Diable! dit le Roi en riant; vous étiez
donc bien pressés?

—La chair est faible, dit M. de S.....,
et ce que je sollicite de Votre Majesté, c'est
sa royale intervention pour faire cesser
les hésitations de ces gens-là.

—Je ne demande pas mieux, avait répondu l'excellent roi Joseph; d'ailleurs,

au point où vous en êtes, cela ne passera
point pour un abus de pouvoir.

L'importunité de M. de S..... arracha
au Roi, séance tenante, un ordre pour le
comte de R....., et un autre pour la marquise d'O..... de faire épouser leurs filles
dans le plus bref délai; la première, au
comte de P....., la seconde, à M. de S.....

Dona Isabella n'avait pu prévoir le coup
affreux que portait l'égoïsme de son amant
et celui de Pascalina à la trame si bien
ourdie qu'elle avait conçue et menée à
bien.

Les deux amis se présentèrent, chacun
de leur côté, munis du fameux ordre du roi
Joseph. Ils l'exhibèrent. Aux parents, ils
dirent qu'ils avaient cru devoir prévenir
la résistance des jeunes personnes en solli-
citant cet ordre; aux jeunes filles, que l'on
fit venir et à qui l'on montra solennelle-

ment l'ordre royal, ils dirent qu'à leurs prières et à leurs aveux, le Roi avait eu la cruauté de répondre par cet ordre.

Le jour fut pris pour les cérémonies; Isabella qui, contre l'attente de M. de S...., n'avait rien dit et avait paru croire à la vérité de ce qu'on lui débitait, Isabella demanda une entrevue à M. de P....., et à la même heure, Pascalina, instruite par son amie, en agissait de même avec M. de S.....

Voici le discours que tint Isabella à M. de P....., discours qui fut identiquement répété à M. de S..... par Pascalina.

— Vous avez trouvé très-doux, monsieur le comte, d'être l'amant de mon amie; quoique je ne vous aime pas le moins du monde, je ne souffrirais pas un partage qui m'humilierait. Ainsi, je vous déclare que je ne serai jamais rien pour vous. En même temps, je vous jure que je ne m'inquièterai en rien des rapports que vous pourrez avoir avec celle que vous aimez. D'un autre côté, comme à l'heure où je vous parle, mon amie tient à votre ami le langage que je vous tiens, et que je suis assurée qu'elle ne sera jamais rien pour lui, je ne renonce pas aux droits que je crois avoir sur le cœur de M. de S... Vous nous avez jouées, c'est très-bien : vous serez mon mari de nom, et Pascalina sera la femme de M. de S...; mais mon mari, monsieur, ce sera toujours pour moi le père de mon enfant. Je ne vous empêche pas, je vous le répète, de vous regarder comme celui de Pascalina. N'oubliez pas, je vous en prie, que vous n'éviterez un éclat fâcheux pour vos intérêts et vos profits, qu'en adoptant l'arrangement que je vous propose : la paix est à ce prix.

Le comte ne put s'empêcher de recon-
naître que, quelque bizarre qu'eût été la
conduite de ces deux jeunes filles, ce discours du moins était plein de bon sens et
de logique. Il donna provisoirement son
assentiment au projet d'Isabella, s'en ré-
férant, pour l'approbation définitive, à
l'entretien qu'il allait avoir avec M. de S...
Dans cet entretien, la plus complète approbation fut donnée à la convention secrète qu'imposait mademoiselle de R...
S... demeura d'accord que son ami P...
serait le mari de fait de madame de S...,
et que, lui, serait en jouissance de tous les
droits matrimoniaux auprès de madame
de P..., Ces deux hommes, qui se mariaient
comme on fait une affaire, ne virent dans
cet arrangement qu'une nouvelle clause.
introduite d'un commun accord dans un
acte de vente.

Le mariage fut célébré, et les choses se passèrent loyalement, comme il avait été convenu. Ces messieurs ne furent pas plus difficiles à l'endroit de la paternité qu'ils ne l'avaient été à l'endroit du mariage. Madame de S... mit au monde une fille qui eut pour parrain M. de P..., et la comtesse de P... accoucha, à peu près dans le même temps, d'un fils qui ressemblait à M. de S... comme deux gouttes d'eau.

Cet accord parfait dura deux ou trois ans. Mais plus tard, quand Joseph eut quitté Naples pour l'Espagne, M. de S... l'ayant suivi, et P... se trouvant obligé de demeurer à Naples, le ménage se trouva désorganisé. Dieu sait alors ce que devint cette pétaudière!

Ces dames, du reste, n'avaient pas attendu cette époque pour mettre leurs ma-

ris, — maris de fait et de droit, — au
nombre des membres de la grande con-
frérie. Il y eut même à ce propos une assez
drôle d'aventure.

M. de S... était dans un café. Il y avait
là un officier de la marine suédoise qui
pérorait très-haut. Il vint à parler d'un de
ses camarades qui avait passé quelques semaines à Naples, et qui, disait l'orateur, y
avait eu de nombreuses bonnes fortunes.
Cet officier était un peu gris; si bien que
ne se bornant pas à constater les triom-
phes de son ami, il se mit en devoir de
nommer les femmes qui avaient eu des
bontés pour lui. La première qu'il nomma
fut madame de S... L'officier suédois ne
savait pas que M. de S... fût présent, de
sorte qu'il n'épargna pas la charmante Pascalina. Tous les assistants, qui connaissaient M. de S... pour un homme fort brave,

faisaient des signes au Suédois, qui n'en continuait que de plus belle. M. de S..., qui prenait une glace dans un coin, ne paraissait pas prendre le moindre intérêt à ce que débitait l'officier de marine, dont il était cependant impossible qu'il n'entendît pas la conversation.

Tout à coup il dressa les oreilles, et se levant brusquement, il s'approcha du Suédois.

— Monsieur, lui dit-il, pâle de colère, vous ne répéteriez pas le nom que vous venez de prononcer.

— Et pourquoi cela? dit le marin d'un air goguenard.

— Parce que je vous le défends, dit S... en appuyant son injonction d'un regard qui signifiait clairement qu'il était prêt à soutenir cette défense d'une autre façon.

— Diable! dit l'officier, si vous aviez

envie de m'entendre répéter ce que je viens de dire, vous avez pris le bon moyen. Je ne reçois d'ordre que de mes chefs, monsieur, et dans le service. En conséquence, j'aurai l'honneur de vous dire que pendant son séjour à Naples mon ami compta au nombre de ses conquêtes dona Pascalina, comtesse de S...

— Vous en avez menti ! s'écria M. de S..., et cette assertion fut accompagnée immédiatement d'un soufflet bien appliqué sur la joue de l'imprudent Suédois.

On se mit entre les deux adversaires, et, comme c'était dans l'ordre, heure fut prise pour le lendemain matin. M. de S... se retira immédiatement.

— Il paraît que j'ai fait une sottise, dit le pauvre marin, qui était un galant homme, brave comme son épée, et qui n'eût jamais sans doute poussé les choses aussi loin si quelques verres de punch ne lui eussent un peu monté la tête. — Ce monsieur est sans doute le mari ou le frère de dona Pascalina?

La personne à qui il adressait cette question se mit à rire.

— Ce monsieur, répondit cette personne, est M. de S....

— Le mari de Mme de S... dont j'ai parlé tout d'abord?

— Le mari de Mme de S....

— C'est impossible; il a dû entendre tout ce que j'ai dit et n'a pas sourcillé.

— C'est si possible que cela est; il vous a entendu et n'a pas relevé ce que vous avez dit de sa femme, parce que la chose ne le regardait pas. Mais si le comte de P... avait été ici, il est probable que vous n'auriez pas été jusqu'à la femme de ce dernier; il vous eût infailliblement interpellé au nom de Mme de S..., comme M. de S... vous a interpellé au nom de dona Pascalina. Comprenez-vous?

— Parfaitement, dit le Suédois. Ce sont deux ménages en quadrille.

Le mot en resta dans la société de ces messieurs.

Le pauvre marin paya cher la connaissance qu'il avait des intrigues napolitaines. M. de S... lui campa une balle dans le cœur.

Ce fut, du reste, à dater de cette époque que la désorganisation se mit dans le quadrille.

Plus tard, Mme de S... vint en France avec son mari quand Joseph fut obligé d'évacuer l'Espagne. Le quadrille, comme je l'ai dit, était entièrement rompu. Ce qu'il y a de plus singulier, c'est que M. de S..., qui devait savoir à quoi s'en tenir

sur le compte de son épouse, était devenu
d'une jalousie effrénée. Il est vrai de dire
que Mme de S... était toujours une des plus
belles personnes que l'on pût voir, et qu'il
est très-possible que son mari, ayant fini
par s'apercevoir de la beauté de sa femme,
se fût dit qu'il serait bien sot de ne pas
rentrer dans la possession d'un bien que
la dissolution du quadrille mettait à sa
disposition. Il est probable qu'il en fut
ainsi. Mais ce qui est certain, c'est qu'en
rendant à son mari des droits qu'elle lui
avait refusés si longtemps, Mme de S... se
réserva celui de les conférer à qui bon lui
semblerait.

Et M. de P...? M. de P... revint également à Paris : il fit mine de vouloir réor-
ganiser le quadrille, au moins quant à lui
et à Mme de S... ; mais il trouva sur son
chemin l'inexorable S..., qui ne voulut

plus entendre parler de l'arrangement de Naples. Le fils de Mme de P... étant mort, S... avait fini par s'accoutumer à se croire le père de la fille de sa femme. Malgré la certitude qui existait à cet égard, c'était tout au plus si le titre de parrain donnait au pauvre P... le droit d'embrasser cette enfant dont il était incontestablement le père.

La fin de tout ceci fut tragique.

On eût dit que les destinées de Pascalina et d'Isabella avaient été enchaînées fatalement l'une à l'autre, et que l'amour devait tôt ou tard rompre les liens d'une amitié factice. Elles devinrent en même temps amoureuses d'un jeune Allemand qui s'était fixé à Paris. Moins rêveur que la plupart de ses compatriotes, qui ont d'ordinaire assez de scrupules dans leurs relations de ce genre, ce jeune homme, que je ne désignerai que sous le nom de Max, profita des bonnes dispositions des deux amies et devint à la fois l'amant de Pascalina et d'Isabella.

Ce fut Mme de S... qui la première découvrit la trahison. Dès ses plus jeunes années elle avait eu, comme on a pu le voir, les plus grandes dispositions; avec l'âge ses passions avaient pris une violence vraiment effrayante. En matière d'amour, elle était capable de tout.

Isabella ne se rendait pas compte d'une chose, à savoir que si son amie la trahissait en étant la maîtresse de Max, elle trahissait elle-même Pascalina de la même manière. Pascalina était même complétement innocente vis-à-vis de Mme de S..., car elle ignorait les relations de celle-ci avec Max.

Max voyait beaucoup ces deux femmes

dans l'intimité; il était fort adroit, et il est certain qu'il lui avait fallu une grande habileté pour leur dérober, même pendant peu de temps, le secret d'une rivalité de la découverte de laquelle les plus grands malheurs pouvaient naître.

Il fut convenu un jour que Pascalina et Max viendraient faire de la musique chez Mme de S..., à Saint-Mandé, et que l'un et l'autre viendraient déjeuner chez Isabella

Le déjeuner fut assez gai; Isabella faisait tout ce qu'elle pouvait pour monter la conversation sur un ton joyeux; mais parfois sa physionomie exprimait tant de douleur et d'inquiétude que les moments passagers de tristesse glaçaient le rire sur les lèvres de ses deux convives.

On se leva de table, et quand on fut dans le salon, Mme de S... se posa devant les deux coupables, et devenant pâle comme la mort, elle leur dit, les dents serrées :

— Avez-vous donc cru que je ne me vengerais pas ?

Max fut au fait du premier coup ; Mme de P... comprit après avoir envisagé son amie.

— Max, dit Isabella, vous avez été mon amant, et vous êtes devenu celui de Pascalina. Vous méritez la mort.

Max sourit ; il ne connaissait pas Isabella.

— Pascalina, continua celle-ci, tu étais mon amie ; tu m'a pris mon amant ; tu mérites la mort.

Pascalina connaissait Isabella ; elle ne sourit pas. Elle jeta sur Max un regard inquiet comme pour lui demander aide et protection. Ce regard éclaira Max.

— Madame, dit-il en s'avançant vers

madame de S....., mettez un terme à ces
scènes de mélodrame : si j'ai des torts envers vous, j'ai les mêmes torts envers dona
Pascalina... Quant à elle que pouvez-vous
lui reprocher ? elle ignorait nos relations.
Madame, continua-t-il en se tournant vers
la comtesse de P....., permettez que je
vous reconduise à Paris.

Il prit le bras de la comtesse et sortit
fièrement sans s'occuper de la fureur d'Isabella.

—Allez, s'écria celle-ci, allez mourir
comme vous l'avez mérité.

Max entendit ces paroles imprudentes.
Il soupçonna dès lors que la jalousie avait
pu porter madame de S..... à commettre
un crime odieux. Il fit arrêter la voiture
à l'entrée du faubourg Saint-Antoine, et à
tout hasard fit administrer à la comtesse
et à lui-même des secours contre le poison

que sans doute ils venaient de prendre. La précaution était bonne. Ils étaient en effet empoisonnés. Les secours, administrés à temps et à propos, les sauvèrent tous les deux.

Max n'eut que plus tard la pensée que l'infortunée Isabella pouvait bien avoir voulu mourir en les tuant. Il courut à Saint-Mandé. Il la trouva expirante ; elle avait eu le courage de ne pas se plaindre ; elle ne regretta la vie qu'en voyant Max et Pascalina échapper à la mort qu'elle avait voulu leur donner. Elle mourut en blasphémant.

Le lendemain on lisait, dans un journal : « Madame de S..... est morte hier à sa « maison de campagne de Saint-Mandé, « empoisonnée par des champignons vé- « néneux. On ne saurait trop recomman- « der la plus grande prudence, etc., etc. »

Ce fut M. de S...., à qui Pascalina confia l'horrible secret, qui fit mettre cette réclame.

On grava sur la tombe de madame de S.....: Bonne mère, bonne épouse, bonne amie, etc., etc., etc.

Et ne croyez pas que ce soit là une histoire inventée à plaisir. Hier au soir, à la fumée d'une longue pipe turque, en buvant du thé avec du rhum, un vieillard me la racontait : et cet homme qui en 1810 avait trente ans, il y a trente-quatre ans de cela, était ému en me faisant ce récit, car cet homme c'était Max, l'amant d'Isabella et de Pascalina.

VI.

L'esprit de corps ne saurait nous aveugler au point de nous faire affirmer qu'il n'y a pas autant de maris qui trompent leurs femmes que de femmes qui trompent leurs maris. Il est même probable que le

mot *autant* est modeste, et que si l'on faisait un dénombrement des infidélités con-
jugales, on trouverait que notre sexe a
plus de péchés que l'autre sur la conscience. En bonne équité et bonne justice,
il est incontestable que nous sommes tout
aussi coupables que ces dames; il est vrai
qu'il y a bien un petit raisonnement en manière de circonstance atténuante en notre
faveur : c'est, tout bonnement, que mille
infidélités de monsieur tel ou tel n'em-
pêchent pas ses enfants de pouvoir à bon
droit le nommer leur père, tandis qu'une
seule infidélité de madame telle ou telle
peut exposer ce bon monsieur tel à presser paternellement contre son cœur le fils
de son plus mortel ennemi, à lui laisser son
nom et sa fortune, au détriment de sa pro-
géniture légitime. L'argument ne manque
pas de force et de portée, socialement et·

moralement parlant ; mais comme affaire de sentiment, l'absence des résultats fâcheux ne saurait nous absoudre. J'en fais ma profession de foi, que l'on peut regarder comme désintéressée, bien que je n'aie pas encore l'honneur d'être exposé à commettre ou à subir l'inconvénient de l'infidélité conjugale.

Du reste, ce que je viens de dire, tout galant homme le proclame, et se le dit à lui-même ; cependant je voudrais que l'on me dît où demeure le galant homme qui, malgré

> L'occasion, la faim, l'herbe tendre, et, je pense,
> Quelque diable aussi le poussant,

s'abstiendrait de tondre quelque peu le pré défendu ! A ceux qui auraient la prétention de se poser en Joseph et en Hippolyte, je dirai franchement :

— C'est que l'occasion et l'herbe tendre vous ont manqué, ou bien encore, que vous n'aviez pas faim.

Ce fut ce qui arriva à M. de V..... Il aimait beaucoup sa femme, mais madame de V.... était dévote à trente-six carats; l'occasion et l'herbe tendre ne manquaient pas à M. de V..... qui avait toujours faim! Il se laissait donc aller au diable qui le poussait, et il mangeait l'herbe d'autrui! La pauvre madame de V..... ne s'accommodait guère de ce genre de vie; mais comme elle était vraiment pieuse quoique dévote, elle se contentait de souffrir en silence et de déplorer que M. de V..... ne prît pas plus souvent ses repas au domicile conjugal.

M. de V... s'arrangea assez volontiers d'une belle personne qui donnait des leçons de chant à madame de V.... Mademoiselle D... n'était pas farouche; M de V... était bel homme, riche, généreux : elle ne lui tint rigueur que le temps nécessaire pour lui monter la tête et lui donner l'occasion de déployer les qualités dont il était pourvu. Enfin, un beau jour, mademoiselle D... fut la maîtresse de M. de V..., sous les yeux de madame de V..., qui ne s'en aperçut pas plus que si son mari eût eu pour maîtresse la fille de l'empereur de la Chine.

Les choses allaient leur train, à la grande satisfaction des deux amants. Mademoiselle D... avait sans doute des qualités qui lui attachèrent M. de V... avec plus de force qu'il ne s'était attaché jusqu'alors à aucune de ses maîtresses : il fit beaucoup pour celle-ci, et la mit sur un pied tout à fait au-dessus de ce qu'elle pouvait espérer sous le rapport de la galanterie, car elle avait du ta-

lent. Mais elle n'était pas fâchée de joindre
aux ressources qu'elle tenait de son travail
celles que la générosité de M. de V... y
joignait. Mademoiselle D..., une fois sûre
de son empire, en usa et en abusa, et fit
faire à M. de V..., qui du reste était fort
riche, des dépenses un peu exagérées.

Madame de V... ne revenait pas de l'é-
légance de sa maîtresse de chant. Elle la
plaignait intérieurement de son penchant
à l'amour de la toilette, qui lui faisait dé-
penser en parures tout ce que lui rappor-
tait son talent; car la pauvre madame de
V... se serait reproché comme un énorme
péché la pensée que toutes ces belles choses ne coûtaient pas à mademoiselle D...
le prix d'un seul de ses cachets, et que le
secret de son élégance était tout bonnement dans un peu de complaisance et de
bon vouloir pour un homme généreux.

La fête de madame de V... approchait.
A cette époque, M. de V..., qui, en homme
de bonne compagnie, pouvait bien tromper sa femme, mais ne manquait jamais
aux égards qu'elle méritait si bien, M. de
V..., dis-je, avait l'habitude de faire à
madame de V... un très-beau cadeau. Quoique madame de V..., véritablement pieuse,
ne fût pas coquette, elle préférait toujours, dans cette occasion, quelque objet
de toilette qu'elle pût porter immédiate-
tement, à une chose précieuse qu'elle était
forcée de laisser admirer sur place. Peut-
être n'était-ce qu'un raffinement de sentiment de la part d'un cœur facile à s'abuser lui-même, et éprouvait-elle plus de
plaisir à se parer d'un cadeau qu'elle
croyait offert par la tendresse, tandis qu'il
ne l'était que par la convenance.

Cette année-là, l'année du règne de ma-

demoiselle D... comme sultane favorite,
M. de V..., à qui son exigeante maitresse
donnait de l'occupation, ne songea au cadeau à donner à sa femme que la veille ou
l'avant-veille du jour même de la fête. Il
était trop tard pour commander un objet
de toilette quelconque ; il monta en cabriolet, et alla chez Dagoty, où il fit emplette d'une magnifique paire de vases qui
avaient été commandés par un prélat italien pour en faire hommage à un couvent
de religieuses, et qui portaient l'emblème
des cœurs de Jésus et de Marie. A prix
d'or, M. de V... obtint que Dagoty les lui
cédât. C'était un vrai chef-d'œuvre, et il
était impossible que la pieuse madame de
V... ne fût pas très-sensible à un pareil
présent. M. de V... quitta donc le magasin
de porcelaines, enchanté de son acquisition, qu'il ordonna que l'on portât à son

hôtel le jour même de la fête de madame
de V...

Celle-ci avait eu la malheureuse idée,
pendant que M. de V... s'occupait du cadeau qu'il voulait lui offrir, de faire des
courses de son côté, et, en passant devant
la demeure de Leroy, elle y était montée
par désœuvrement.

Elle vit sur un porte-manteau une ravissante robe de bal.

— Mon Dieu! s'écria-t-elle, la jolie
robe!

—Vous trouvez, madame? dit en souriant la première demoiselle du fameux
marchand de modes. J'en suis bien contente.

— Et pour qui est cette merveille? dit
madame de V... en examinant la robe avec
ce coup d'œil que les femmes savent jeter
avec tant d'habileté sur tout ce qui tient à

la toilette, et qui leur en montre tout de suite le fort et le faible.

— Ah ! dit la demoiselle, c'est un secret ! Et elle accompagna sa réponse d'un nouveau sourire d'intelligence.

— C'est, dans tous les cas, un secret qui ne sera pas longtemps caché, dit en souriant à son tour madame de V..., qui, du reste, n'attachait pas grande importance à savoir à qui était destinée la jolie robe ; — une robe pareille ne peut manquer de faire sensation.

Ce compliment attendrit sans doute la première demoiselle, car elle s'approcha de madame de V... et lui dit tous bas :

— Si madame voulait me promettre de ne pas me trahir, je la mettrais dans la confidence.

La curiosité de la fille d'Ève s'éveilla à cette proposition. Madame de V... assura

la jeune personne qu'elle pouvait compter
sur sa discrétion, et celle-ci lui dit, toujours d'un air mystérieux :

— Eh bien, madame, cette jolie robe
est pour vous !

— Pour moi? s'écria madame de V...
stupéfaite ; vous vous trompez sans doute.

— Je vous demande pardon, madame :
M. de V... est venu en personne, il y a
huit jours, commander cette robe, en nous
recommandant expressément de la tenir
prête pour après-demain, et de n'en parler à personne ; et, si je ne me trompe,
c'est après-demain la fête de madame.

— Oui, dit madame de V..., le cœur
inondé de joie, moins à cause de la robe,
toute charmante qu'elle était, que pour le
procédé de son mari, qui lui ménageait
une surprise ; oui, c'est vrai, c'est ma
fête ! Soyez tranquille, mon enfant, je ne

vous trahirai pas ; mais je vous remercie du plaisir que vous m'avez fait.

Madame de V..... rentra chez elle, heureuse de l'attention de son mari ; mais, fidèle à sa promesse, elle ne témoigna rien qui pût révéler qu'elle fût instruite, et elle attendit le jour de sa fête avec une impatience bien naturelle.

Le matin du jour fatal, M. de V..... entra chez sa femme et la pria de venir lui donner son avis sur quelque chose dont il voulait faire emplette. Madame de V.... sourit, pense à la robe, et ne peut s'empêcher de dire à son mari :

— Ah ! mon ami, je suis sûre que je vais la trouver ravissante !

Monsieur de V.... ouvrit de grands yeux, ne comprenant rien à ce féminin intempestif qui était venu sur les lèvres de madame de V...., comme cela arrive souvent quand on est préoccupé d'une pensée à laquelle on répond sans y prendre garde.

On arrive dans la pièce où les deux vases étaient déposés. M. de V..... prend un air gracieux, et les montrant à sa femme :

— J'espère, ma chère amie, lui dit-il en l'embrassant, que vous les trouverez de votre goût. Vous m'en voudriez, ajouta-t-il, si je ne vous donnais que des objets de toilette. Une robe se fane comme un bouquet, un bijou passe de mode. Je crois que vous ne m'en voudrez pas de la pensée que j'ai eue là.

Ce petit discours, sous lequel M. de V... voulait masquer son oubli trop réel, parut à madame de V....., qui avait vu la robe commandée par lui pour ce jour-là même, un redoublement d'attention et de galanterie de la part de son mari. Elle l'em-

brassa tendrement, et lui dit, les larmes
aux yeux :

—Ah! c'est trop, mon ami! c'est trop!
je vous remercie de toute mon âme!

Cette excellente femme n'avait pas d'autre pensée à l'égard de la robe, sinon
qu'elle était réservée pour une autre surprise de la journée.

M. de V..... reçut avec quelque confu-
sion l'expression de la reconnaissance de
sa femme; il lui dit quelques banalités de
circonstance, puis s'en fut à ses affaires.

Cependant la journée s'était écoulée sans
qu'il fût question de la fameuse robe non
plus que du Grand-Mogol. Il y avait chez
M. de V...., à l'occasion de la fête de sa
femme, un grand dîner, suivi d'un concert.
Madame de V..... devait faire deux toilettes.

—Je comprends, se disait-elle; mademoiselle Julie — c'était sa femme de chambre — est dans la confidence ; ce soir, au lieu de la robe qu'il était convenu que je mettrais pour le concert, je trouverai dans ma chambre celle de Leroy. On ne peut mieux faire les choses.

Au dîner, madame de V... fut d'une amabilité charmante. Enfin, l'heure du concert arriva, et ce fut en frissonnant de plaisir que madame de V..... quitta le salon pour se rendre dans son appartement où mademoiselle Julie l'attendait pour l'habiller.

Madame de V..... jeta un regard rapide à droite et à gauche pour jouir le plus tôt possible du coup d'œil de sa jolie robe ; elle n'aperçut que celle qu'elle avait ordonné à mademoiselle Julie de préparer ; elle pâlit et ne put que regarder sa caมériste d'un air inquiet auquel celle-ci ne comprit goutte.

—Mon Dieu, dit-elle, qu'a donc madame? madame serait-elle indisposée? comme elle est pâle!

—Je n'ai rien, dit madame de V..... qui ne savait plus où elle en était, je n'ai rien : mais, dites-moi, n'a-t-on rien apporté pour moi de la part de M. de V.....

—Je vous demande pardon, madame, dit mademoiselle Julie, mais je l'ai laissé dans ma chambre.

— Dans votre chambre! dit madame de V.... dans votre chambre! Est-ce que je vais m'habiller dans votre chambre.

— Je ne savais pas, hasarda mademoiselle Julie.

— C'est bien, dit madame de V..., allez la chercher. Vous voyez bien que je suis pressée.

Le féminin employé par madame de V... étonna autant mademoiselle Julie, qui était quelque peu puriste, qu'il avait étonné le matin M. de V...; le respect, toutefois, l'empêcha de témoigner son étonnement; elle s'élança dans sa chambrette et revint aussitôt portant un énorme bouquet, chef-d'œuvre de madame Bernard.

— Qu'est-ce que cela? dit madame de V... stupéfaite.

— C'est le bouquet que l'on a apporté de la part de monsieur, dit la caમériste.

— Est-ce là tout? dit douloureusement madame de V....

— Oui, madame.

Madame de V... se laissa tomber sur une bergère; des larmes remplirent ses yeux. Elle ne comprenait rien à ce qui se passait; mais un pressentiment l'avertissait qu'elle avait le droit de s'affliger.

Elle demeura plus d'un quart d'heure
sans paraître songer à s'habiller; elle pleurait en silence. Mademoiselle Julie, qui
ne comprenait rien à la douleur de sa
maîtresse, n'osait lui adresser la parole.
Enfin, neuf heures et demie ayant sonné à
la pendule, la femme de chambre se hasarda à rappeler à madame de V... qu'elle
allait être attendue au salon. La pauvre
femme sembla sortir d'un mauvais rêve:
elle essuya ses yeux sans rien dire, et permit à sa femme de chambre de lui rendre
ses services.

Elle se laissa habiller sans paraître avoir
la conscience de ce qu'elle faisait. Enfin
elle prit sur elle-même et parvint à effa-
cer la trace de ses pleurs. Mais quand elle
rentra dans le salon, ce n'était plus cette
femme si gaie et si prévenante qui avait
fait, quelques heures auparavant, les hon-

neurs de chez elle avec tant de charme ;
elle était méconnaissable.

Comme cela arrive d'ordinaire quand on
a à l'âme ou au corps quelque blessure,
tout sembla se réunir pour irriter la douleur qu'elle ressentait. A peine était-elle
entrée dans le salon, qu'elle se heurta contre son mari qui prit un air tout aimable
pour lui dire :

— Vous êtes jolie comme un ange, ce
soir ; je ne vous ai jamais vu de robe qui
vous allât aussi bien.

Mme de V... regarda son mari fixement,
pour chercher à découvrir dans ses yeux si
ce compliment adressé à sa robe était une
ironie. Mais M. de V... soutint ce regard
avec un aplomb imperturbable et se perdit
dans la foule.

Le moment approchait cependant où les
cruelles incertitudes de la pauvre Mme de

V... allaient se changer en une doulou-
reuse connaissance de la vérité. On an-
nonça Mlle D..., la virtuose qui donnait
des leçons de chant à la femme, et qui en
recevait d'un tout autre genre du mari.
Mlle D... devait chanter le soir au concert.

Elle était fort belle, et avait surtout
beaucoup d'éclat à la lumière. Elle fit sensation. Elle portait une robe blanche toute
garnie de dentelles du plus grand prix et
des plus fines fleurs de chez Batton ou de
chez Nattier. Mme de V..., qui l'aimait
beaucoup, s'avança vers elle avec em-
pressement; mais la pauvre femme pensa
tomber à la renverse en reconnaissant la
jolie robe qui avait fait son admiration
chez Leroy.

L'usage du monde donne aux femmes
une force inconcevable dans les plus terribles circonstances. Mme de V... se rendit

maîtresse de son trouble, non au point de
témoigner à Mlle D... la même affection que
par le passé, mais assez pour que l'artiste
ne s'aperçût pas de l'effrayante révélation
que venait de faire sa parure. Mme de V... lui
adressa quelques mots assez froids, puis
sembla s'occuper d'une autre personne.

Cependant la robe de Mlle D... était
réellement d'une telle richesse, surtout
pour sa position, qu'elle fit quelque peu
scandale dans le salon. Il y avait quelques
femmes qui avaient à lui reprocher quelque larcin du genre de celui dont elle s'était
rendue coupable à l'égard de Mme de V....
Celles-là ne l'épargnaient pas. D'autres
bonnes créatures, qui savaient à quoi
s'en tenir sur les relations de Mlle D... et
du maître de la maison, venaient trouver
Mme de V... et lui disaient d'un air naïf :

— Mon Dieu, ma chère, on dirait que

Mlle D... est entretenue par l'Empereur !
Où va-t-elle donc prendre des toilettes
comme celle qu'on lui voit ? Sa robe de ce
soir vaut des rançons de roi.

Toutes ces charitables paroles entraient
dans le cœur de Mme de V... comme autant
de coups de poignard. Son supplice dura
toute la soirée. Il semblait que tout le
monde s'était donné le mot pour ne parler
que de la malencontreuse robe de Mlle D....
Enfin, au grand contentement de Mme de
V..., on se retira.

M. de V..., en rentrant dans son appartement, trouva sur la cheminée un petit
billet ainsi conçu :

« J'espère, monsieur, que vous vou-
« drez bien prendre la peine de faire en-
« tendre à Mlle D... que je la dispense de se
« présenter chez moi à l'avenir. Cette dé-
« termination aura, du reste, l'avantage

« de vous épargner le désagrément d'en-
« tendre, comme vous avez pu le faire hier
« au soir, des propos assez désobligeants
« sur le compte d'une personne à laquelle
« vous portez, je crois, quelque intérêt.
« Vous pourrez aussi, à ce sujet, lui
« faire une recommandation, c'est de ne
« pas permettre aux hommes qui lui of-
« frent des robes de les commander sous
« leur nom : cela peut donner lieu à des
« méprises malheureuses.

« A. de V.... »

M. de V... comprit qu'il était deviné ;
il ne dit mot ; mais je crois qu'il ne tarda
pas à renoncer à ses coûteuses amours [1].

---

[1] Il n'y a rien de nouveau sous le soleil. L'histoire que
je viens de raconter, et dont je garantis l'authenticité dans
ses moindres détails, a eu, il y a quelques années, son
pendant dans une ville de province. Si ce livre eût été
publié à cette époque et qu'il fût tombé entre les mains

M. de V... fut bien heureux d'avoir affaire à une honnète femme, qui se contentait, en pareil cas, de pleurer en silence
et d'offrir à Dieu toutes ses douleurs. La
pauvre madame de V... ne tira pas d'autre
vengeance de cette conduite que le petit
sarcasme bien innocent que contenait sa
lettre à propos de la commande de la robe.
Mais une autre femme que je sais ne fut
pas si débonnaire ; elle ne trouva rien de
mieux que d'imposer à la complice de son
mari la peine du talion.

Madame de B... avait un mari qui ne
pratiquait pas beaucoup mieux que M. de
V... les préceptes de la fidélité conjugale.

---

du mari prévaricateur, il se fût sans doute arrêté dans la
voie où il s'était engagé imprudemment, ou, du moins, il
aurait pris des mesures pour que l'indiscrétion d'une
coüturière ne vînt pas révéler les bontés que, dans sa
générosité, il avait pour une personne qui n'était pas sa
femme.

Pendant quelque temps, madame de B...
se désola; mais un beau jour, elle se prit
à penser qu'elle serait bien sotte de passer
sa jeunesse à pleurer; tandis qu'il y avait
une foule de gens qui seraient trop heureux de pouvoir lui offrir de fort agréables consolations. Parmi ces consolateurs
se trouvait un homme de beaucoup d'esprit et fort agréable sous tous les rapports.
Cet homme était marié, et, malgré tous
ses avantages physiques et intellectuels,
sa femme ne se piquait pas, à son égard,
d'une grande fidélité. M. R... en avait pris
son parti, et il menait, de son côté, la
vie la plus indépendante.

Il avait été amoureux de madame de
B..., mais, malheureusement pour lui, il
s'était déclaré dans le temps où la pauvre
madame de B... ne s'en prenait qu'à ses
yeux des infidélités de son mari. R... avait

été éconduit; malgré cet échec, il était resté assidu près de madame de B..., prévoyant peut-être que cette sévérité aurait un terme, et attendant le moment de faire son profit de la modification qui aurait lieu dans la conduite de madame de B...

Bien lui en prit de persévérer. Vers le temps où madame de B... imagina de remplacer les doléances par des consolations, M. de B... devint l'amant avoué de madame R... Madame de B... trouva que l'occasion était belle pour mettre à exécution ses nouveaux projets. Elle fit le plus charmant accueil à M. R..., et un jour qu'il était chez elle, elle lui dit en riant:

— Croyez-vous que mon mari me soit bien fidèle?

— Mais, dit R..., la question est délicate, et...

— Mon Dieu! dit madame de B..., je sais

à quoi m'en tenir : vous pouvez être franc.

—Dans ce cas, répliqua M. R..., je ne crois pas que la fidélité soit sa vertu favorite.

— Et savez-vous quelle est la maîtresse qu'on lui donne? poursuivit madame de B... assez résolument pour une débutante dans la carrière.

— Je crois la connaître très-particulièrement, dit M. R... en s'inclinant d'un air comiquement grave.

Il y eut un moment de silence, après quoi madame de B... reprit, non sans quelque embarras :

— Il est assez plaisant que les amours de M. de B... et de la personne dont il est question soient un sujet de conversation entre vous et moi.

—Il est vrai, dit M. R..., qui ne pouvait se méprendre sur les avances directes

qui lui étaient faites, et si vous ne m'aviez
pas si mal traité quand je vous ai avoué na-
guère mes sentiments, je vous soumet-
trais un projet de vengeance tout à fait
convenable et qui me sourirait beaucoup.

— Voyons votre projet, dit gaîment madame de B...; on peut le discuter, cela
n'engage à rien.

R... pensa que cela engageait à bien des
choses; aussi se hâta-t-il d'en venir au fait.

— Mon Dieu! dit-il, la chose est toute
simple : c'est tout bonnement d'imposer à
ces deux coupables la peine du talion, et
de nous charger nous-mêmes, parties intéressées, de l'exécution de la sentence.

— Quelle folie! dit en rougissant madame de B...

Folie ou non, la sentence fut prononcée
et dûment exécutée, ainsi que l'avait pro-
posé M. R..., par les parties intéressées

elles-mêmes, qui de victimes se changèrent en juges, et de juges en exécuteurs
des hautes œuvres.

La liaison de M. de B... et de madame
R... était tellement notoire, et même scan-
daleuse, que l'on n'eut guère la force de blâ-
mer madame de B... Comme elle et M. R...
avaient de l'esprit, infiniment plus que
leurs opposés dans ce nouveau quadrille,
qui rappelle un peu celui de M. de P...,
de M. de S..., de Pascalina et d'Isabella,
ils jouèrent quelques bons tours à M. de
B... et à madame R... En voici un entre
autres.

M. de B... avait fait faire chez Bapst,
qui était son bijoutier, un bracelet charmant dont il avait fait présent à madame
R... Pendant que l'on faisait le bracelet,
madame de B... a vent de la chose, se pro-
cure un dessin exact du bracelet, et prie

M. R... de lui en faire faire un semblable.
M. R... va chez Foncier, et le second bracelet est achevé presque en même temps
que le premier. Madame de B... guette
l'occasion, la saisit, et, un soir qu'elle
était dans un salon où se trouvait madame
R... parée du bracelet adultère, elle s'approcha d'un air indifférent de sa rivale,
et feignant d'examiner par désœuvrement
le bracelet qu'elle avait au bras :

— Ah! lui dit-elle avec l'accent de la
surprise, vous prenez une fois par hasard
quelque chose chez Bapst, qui est mon
bijoutier, et moi, une fois aussi par hasard chez Foncier, qui est le vôtre, et
nous avons deux bracelets pareils. — On
dirait que les personnes qui nous les ont
donnés se sont entendues. Puis, se tournant
vers son mari, elle lui dit avec un aplomb
digne d'une coquette émérite :

—Vous connaissiez donc mon bracelet, monsieur de B..., quand vous avez fait faire celui-là?

M. de B... et madame R... demeurèrent assez embarrassés, et les rieurs ne furent pas pour eux.

Le règne de M. de B... auprès de madame R... ne fut pas de longue durée. M. R..., à son tour, fut mis à la réforme par madame de B..., qui, tout en persistant dans le mode de vengeance qu'elle avait adopté, imagina quelque chose d'assez ingénieux et qui avait le double avantage de lui procurer honorablement de charmantes bagatelles, quelquefois même des objets de prix, et de contrarier quelque peu M. de B...

Elle avait des espions très-habiles qui la mettaient au courant de tout ce que faisait son mari. Ce n'était point par jalousie; il

y avait longtemps que ce mal lui avait
passé. Ce n'était que pour se procurer des
renseignements indispensables pour ce
qu'elle se proposait. D'ailleurs, les observations de ses affidés ne roulaient que sur
un seul objet.

Dès que M. de B... avait fait un cadeau
quelconque à une personne avec laquelle
il était lié, madame de B... faisait emplette
d'un objet semblable et ne le payait pas.
Les fournisseurs avaient ordre de faire de
ces articles une mémoire à part qui devait
être soldé à la fin de l'année. La fin de l'année arriva. Madame de B... rassembla tous
ses petits mémoires, et les fit porter à la
fois à M. de B..., avec cette observation en
forme d'apostille :

« J'espère, mon bon ami, que vous vou-
« drez bien faire honneur à quelques pe-
« tites dettes que j'ai contractées. Vous

« trouverez cela, j'espère, de toute jus-
« tice, quand vous jetterez les yeux sur le
« mémoire en partie double que j'ai fait
« établir. Vous pouvez confronter les da-
« tes; chacun des articles de la première
« colonne correspond à un article sem-
« blable de la seconde. Vous ne voudriez
« pas que votre femme se passât de ce que
« vous jugez indispensable à d'autres per-
« sonnes. »

Voici l'explication de cette apostille.

Dans la première colonne on lisait, par
exemple :

Du 10 mai, un chapeau de paille d'Italie,
chez Herbault. . . . . 200 fr.

En regard, dans la seconde colonne, il
y avait :

Le 10 mai, donné par M. de B... à mademoiselle B..., des Français, un chapeau de
paille d'Italie de 200 fr.; ci . . . . . . 200 fr.

| Du 15 août, un collier de perle de chez Bapst . . . 3,000 fr. | Du 15 août, à mademoiselle C..., de l'Opéra. . . . 3,000 fr. |
| Du 21 novembre, une robe de chez Leroy. . . . 500 fr. | du 21 novembre, une robe à mademoiselle G.. 500 fr. |

Enfin la moindre dépense de toilette faite par M. de B... pour l'objet de ses amours figurait à la seconde colonne, et était reproduite par une dépense équivalente portée à la première.

M. de B... paya; sans doute à contre-cœur : mais plutôt parce qu'il lui était désagréable de se voir l'objet d'une bonne plaisanterie, qu'à cause de l'argent : il était riche et généreux.

Madame de B... s'amusa beaucoup de la fureur de son mari ; elle raconta l'histoire à qui voulut l'entendre. Il courut dans Paris une copie du mémoire en partie double. Madame de B... se fit beaucoup

d'honneur de son invention. Le pauvre
M. de B..., qui ne se trouvait pas disposé
à changer de genre de vie, fut obligé d'a-
voir recours, pour satisfaire les désirs de
ses maîtresses, généralement fort peu dés-
intéressées, à toutes les mystérieuses précautions que prend un fils de famille qui
entretient une grisette à l'insu de ses parents. Il se cachait si bien qu'un jour madame de B... dit en riant devant lui :

— Mon invention est devenue inutile;
je ne sais plus rien de rien. La première
fois que je voudrai un bijou ou un châle
que je puisse faire payer à M. de B..., je
serai obligée de faire prier Iphigénie en
Aulide de lui en demander un en plein
théâtre.

VII

Dans sa *Physiologie du Mariage*, M. de
Balzac a envisagé le médecin sous un point
de vue intéressant, au chapitre *des Alliés*.
Un médecin, qui, de son autorité sans ap-
pel, peut mettre, pour ainsi dire, la place

conjugale en état de siége, et suspendre
par son *veto* les lois en vertu desquelles le
mari est le possesseur de sa femme, devient
en effet un puissant auxiliaire pour celle
à qui répugne l'exécution d'un devoir plus
ou moins désagréable. Mais combien est
plus redoutable encore cette terrible puissance, quand c'est pour son compte particulier qu'elle agit ! Lorsqu'un grand État
pour quelque raison que ce soit, se déclare
l'allié d'un État plus faible, on le verra
bien s'interposer d'une manière plus ou
moins active s'il advient qu'une autre
puissance prépondérante cherche noise à
son protégé : la diplomatie ira son train
et la médiation s'effectuera sans que le
protecteur se compromette, en général,
jusqu'à prononcer qu'il y a *casus belli*.
Mais si l'agression est dirigée contre cet
État même, si des troupes mettent le pied

sur son propre territoire, ce ne sont plus
les ambassadeurs que la chose regarde,
et les coups de canon s'en mêlent tout
d'abord.

C'est ce qui arrive dans le cas où
le médecin de madame tient pour son
propre compte à anéantir les rapports
conjugaux entre elle et le mari. L'arrêt
est prononcé sans la moindre circonstance
atténuante, et malheur au mari qui es-
saierait de s'y soustraire, car la moindre
rupture de ban est signalée à celui-là
même qui a imposé cette surveillance de
la haute médecine ; il fait tonner alors les
plus sinistres prophéties, et le pauvre
époux se voit démarié sous peine d'être
déclaré homicide.

Ce fut ainsi que se conduisit un jeune
médecin qui, dès ses débuts, avait acquis
une assez grande célébrité. Appelé à trai-

ter une très-jolie femme, qui, ainsi que le dit Sganarelle, était une *malade pas tant dégoûtante, et dont un homme bien sain pouvait assez s'accommoder*[1], notre docteur en devint passionnément amoureux. M. A..., le mari de la malade, n'était pas vieux, mais il était tellement laid et repoussant, qu'il eût infailliblement mieux valu qu'il eût quatre-vingts ans, parce qu'il est probable qu'il eût été moins disposé à profiter de la bonne aubaine qu'il avait eue en épousant une femme de dix-neuf ans, blanche et rose, et de tous points ravissante. Le docteur M... était très-aimable; il ne négligea rien pour faire agréer ses hommages à sa jolie malade, et quand il fut maître de la place, il n'eut pas de peine à faire consentir Mme A... à la démarche prohibitive qu'il se proposait de faire.

[1] *Le Médecin malgré lui.*

Il entra un matin chez M. A... qu'il trouva seul dans son cabinet, et lui dit d'un air grave :

— Mon cher ami, permettez-moi de vous faire une question que je n'aurais jamais osé adresser à Mme A.... De quelle façon vivez-vous avec elle?

— Comment? dit A.... De la meilleure façon ; je l'aime de toute mon âme, et j'espère que j'en suis aimé.

A... était, comme on le voit, doué d'une prodigieuse fatuité.

— Ce n'est pas cela que je vous demande, reprit M... d'un ton doctoral, vous ne me dites là que ce que je sais comme tout le monde. Ce n'est pas positivement de cela qu'il s'agit. Je voulais savoir si vous avez votre appartement à part?

— Ma foi, dit bonnement M. A...; je vous avoue que ma femme a son appartement à elle, pour la forme ; mais, en réalité, il en est comme si nous n'en avions qu'un seul.

— Je m'en doutais, dit froidement le docteur.

— Ah çà ! dit A..., à qui cet interrogatoire ne convenait que médiocrement, où diable voulez-vous en venir ?

— Patience, dit l'imperturbable docteur ; nous y voilà. Vous aimez votre femme, n'est-il pas vrai ?

— Éperdument, dit le mari.

— Il est donc inutile de vous demander si vous seriez désolé de la perdre, ou même de voir sa santé s'altérer visiblement.

— Mon Dieu, qu'y a-t-il donc ? dit le pauvre M. A....

— Il y a, dit avec son imperturbable sang-froid le docteur, que vous ne vous êtes pas aperçu sans doute que Mme A... a la poitrine extrêmement délicate, et que la conservation, je ne dirai pas de sa santé, mais de sa vie, est au prix des plus grands ménagements.

— Mon Dieu! dit le mari consterné, que m'apprenez-vous là! mais je n'ai jamais vu de santé plus robuste, de tempérament plus énergique!

Cela était vrai; sans être une *virago*, madame A... était d'une nature luxuriante et généreuse, et, comme on dit communément, la vie lui sortait par tous les pores. Ses énormes cheveux blonds prenaient naissance fort bas sur un cou blanc et rond, signe caractéristique des femmes de race; ses épaules larges et développées semblaient défier avec audace toute espèce de phthisie; tout en elle enfin respirait la santé.

Le docteur sourit.

— Et vóus croyez, dit-il d'un ton magistral, que parce que vous voyez les joues de votre femme couleur de rose, parce que son embonpoint est satisfaisant, parce qu'en un mot elle se porte bien aujourd'hui, vous croyez que vous pouvez impunément abuser de cette santé qu'un rien peut détruire? Et que diriez-vous si je vous prouvais que peut-être dans cette force dont vous parlez, dans cette énergique constitution, est le germe du mal que je veux prévenir? Écoutez-moi bien : vous aimez votre femme; eh bien! si vous ne voulez pas porter son deuil d'ici à un an, ménagez-la, mon cher ami, ménagez-la beaucoup, ménagez-la tout à fait, ou sinon elle est morte!

A... fit une assez laide grimace : il savait que M... était un homme habile; lui-

même ne manquait pas d'esprit, et, bien
qu'il n'entendit rien à la médecine, il
ne lui parut pas invraisemblable que ce
que venait de lui dire le docteur, à propos des inconvénients qui pouvaient ré-
sulter de la trop grande énergie d'une
femme qui ne serait forte qu'en apparence, fût matériellement possible. Il lui
en coûtait bien de se résoudre à se priver
de sa femme pour la conserver; mais,
comme c'était un galant homme, et qu'il
eût mieux aimé tout au monde que
d'être la cause de la perte de la santé
d'une femme qu'il adorait, il prit son parti
en brave.

— Je vous promets, dit-il au docteur,
de suivre vos prescriptions. Peut-être de
grands ménagements finiront-ils par triom-
pher de cette disposition, et pourrai-je me
dédommager alors des privations que

vous m'imposez : d'ici là,' je vous jure
d'obéir aveuglément à votre ordonnance.

— Vous ferez sagement, dit le docteur,
qui ne se promettait pas de lever de si-
tôt l'interdit qu'il venait de mettre sur la
couche nuptiale; peut-être, comme vous
le dites, un jour viendra où je vous per-
mettrai de rompre l'abstinence; mais,
avant cette permission, néant, sous peine
de mort pour votre femme!

— Ah çà! dit M. A..., c'est un assez
sot compliment à faire à une jeune et jolie femme; je vous laisse la responsabilité
de tout ceci. Je vous avoue que je ne sais
pas trop comment m'y prendre pour lui
annoncer cela.

— Ma foi! ni moi non plus, dit le docteur, qui, malgré son sang-froid, avait
toutes les peines du monde à retenir un
éclat de rire; comment voulez-vous que

j'aille parler de pareilles choses à madame A...?

—Arrangez-vous comme vous voudrez,
dit le mari : je ne me charge pas de la
commission; je veux bien vous obéir;
mais je ne réponds de rien pour les autres.

On voit que M. A... avait de lui-même
une idée tellement avantageuse, qu'il craignait d'avoir à supporter la résistance de
sa femme.

Le docteur sourit malgré lui, et dit
tranquillement :

— Je ferai donc de mon mieux, puisque
vous l'exigez; je m'en tirerai en lui citant
des mots latins auxquels elle ne compren-
dra pas grand'chose, et ma mission sera
remplie.

—Vous ferez comme vous voudrez, dit
A... Vous allez déjeuner avec nous; je vous
laisserai seul avec elle, et vous lui débi-

terez votre histoire à votre aise, et à vos risques et périls.

Le déjeuner fut assez plaisant pour le docteur. Madame A..., comme toutes les personnes énergiques, affectionnait les mets un peu relevés et les choses substantielles. A... ne la voyait pas toucher à une poivrière, à un morceau de pâté truffé, sans jeter les yeux avec inquiétude vers M..., qui prenait un air grave et disait :

— Je crois que, quant à la nourriture, l'habitude fait beaucoup, et que le changement trop subit pourrait amener des perturbations dans l'économie générale que l'on aurait peine à combattre plus tard ; ce n'est pas là qu'est le mal.

Après le déjeuner, M. A... s'approcha de sa femme, et l'embrassant paternellement sur le front, il lui dit d'un air où il y avait plus de compassion que de regret :

—Je te laisse avec le docteur, ma chère amie ; il a à te dire des choses de la plus grande importance ; mais il faut l'écouter. On a un médecin ou on n'en a pas. Quand on en a un, c'est pour suivre ses prescriptions. L'Empereur, qui donne ses ordres au monde entier, obéit à Corvisart.

A... se retira charmé de ce dernier trait d'éloquence : il avait jugé qu'il ne fallait rien moins que l'exemple de l'Empereur pour déterminer sa femme à renoncer au bonheur d'être possédée par lui.

Comme on le pense bien, le cher docteur n'eut pas de peine à faire adopter son ordonnance à madame A... Ils rirent beaucoup tous les deux de la conversation que le perfide docteur avait eue avec le mari, et les choses se passèrent le mieux du monde.

Le mieux du monde pendant un certain temps. Un jour, le docteur trouva madame A... fort inquiète. Elle avait cru s'apercevoir que les visites de M... avaient été la cause suffisante d'un effet, assez naturel du reste, mais dont il était impossible de faire les honneurs à un mari auquel on avait imposé une abstinence complète, abstinence qui avait été religieusement observée par lui. La pauvre femme était fort embarrassée. Quand on a un médecin pour amant, il n'est pas permis de conserver longtemps quelque incertitude à l'égard de ce qui inquiétait madame A... Elle n'eut bientôt plus de doutes sur sa position. Le fait n'était que trop réel : madame A... était grosse.

Le docteur, après avoir réfléchi au parti

qu'il y avait à prendre, s'arrêta à celui
qui lui parut le seul raisonnable, bien que
le moins gracieux pour lui. Il en fit part
à sa maîtresse, qui en fut un peu moins
charmée qu'elle ne l'avait été de la résolution prise précédemment. Pourtant la
nécessité était impérieuse ; elle fut obligée de consentir à ce que le docteur avait
arrêté.

Celui-ci, comme la première fois, se
rendit dans le cabinet de M. A... ; et après
lui avoir dit qu'il croyait de son devoir
de lui parler à cœur ouvert, il prit un air
de circonstance, et ajouta en poussant un
profond soupir :

— Dieu seul est grand, mon ami !

M. A... regarda fixement *son ami* le docteur, ne comprenant pas où il allait en
venir après cet exorde emprunté à Mas-
sillon.

— Oui, dit le docteur d'un air humble et résigné; la science est bien peu de chose, et la nature a des mystères dans lesquels les plus habiles ne peuvent lire!

M. A... attendait toujours, et ne devinait pas où pouvait tendre l'aveu plein d'humilité que lui faisait le docteur d'un ton grave et solennel.

— J'ai beaucoup étudié, poursuivit le médecin, et l'on veut bien m'accorder quelque expérience et quelques lumières; et cependant chaque jour je vois que nous marchons dans les ténèbres et que la science nous égare aussi souvent qu'elle nous guide.

— Personne n'est infaillible, dit A... pour se mettre à l'unisson de son ami; mais on se trompe plus ou moins, et vous devez avoir assez la conscience de votre talent pour savoir que c'est avec raison que l'on vous range parmi ceux qui commettent le moins d'erreurs.

— Mon Dieu, dit le docteur avec componction, je me trompe tout comme un autre ; et quel que soit l'intérêt que je porte à tous ceux à qui je donne mes soins, vous comprenez que mes regrets sont pourtant plus vifs quand il se trouve que mes erreurs ont pu être préjudiciables à des personnes que j'estime, que j'aime, et qui ont la bonté d'avoir quelque affection pour moi.

— Cela se comprend, dit A... en prenant un air de circonstance ; chez une âme généreuse, la peine que doit éprouver l'ami doit au moins égaler, si elle n'excède, celle qu'éprouve le savant qui voit sa science en défaut.

— Ah ! vous me comprenez, dit avec

effusion le docteur : aussi quand je me trompe il ne faut pas m'en vouloir.

— Il faudrait être bien ridicule et bien absurde, s'écria le bon A..., qui aurait voulu consoler son ami;—quand on a confiance en son médecin, quand, outre cela, il est votre ami, quels reproches pourrait-on lui adresser, si, malgré sa science et son amitié, il échoue dans une cure, impossible peut-être?

— Vous me faites du bien, dit M... en prenant la main de M. A... : vous ne m'en voudrez donc pas de l'aveu que je vais vous faire ?

— A moi ? s'écria A... au comble de l'étonnement.

— A vous, dit le médecin d'une voix grave.

— Je ne vous comprends pas, dit le mari.

— Je vais m'expliquer. Il y a six mois, je suis venu vous trouver, comme ce matin, pour vous adjurer, au nom de la santé de votre femme, de vous abstenir de toutes relations avec elle. Vous me comprîtes, et vous prîtes l'engagement de suivre la prescription que je vous imposais.

— J'ai tenu ma parole! dit A... avec un soupir.

— Je le sais, dit le docteur; mais écoutez-moi : qui m'engageait alors à venir soulever le voile de l'intimité conjugale? qui m'a donné le courage de vous imposer une privation cruelle pour vous et pour votre femme? la conscience de mes devoirs, et l'amitié que je vous porte à tous deux. Eh bien! mon ami, avec le même courage que j'ai mis à vous parler franchement, il y a six mois, sans craindre de froisser votre affection pour

votre femme, sans ménagements pour votre tendresse, je viens aujourd'hui, sans
ménagements pour mon amour-propre,
vous avouer humblement que je me trom-
-pais ! Oui, ajouta en se montant graduelle-
ment le jeune docteur, je l'avoue avec
franchise : il y avait perturbation ; la
science, ou ce que je croyais la science,
me disait : là est la cause du mal ! mais
la nature, plus grande que la science des
hommes, est venue démentir ces dia-
gnostics infidèles. Le mal, loin de dis-
paraître, a empiré; j'ai observé avec attention, et aujourd'hui ma conviction est
que le remède à apporter à ce mal est
précisément le contraire de ce que je
vous avais prescrit.

A... resta stupéfait ; cette nouvelle le
surprenait si agréablement, qu'il avait
peine à en croire le témoignage de son

oreille. Il regardait fixement le docteur et
ne trouvait pas un mot à lui répondre.
Celui-ci était en train ; il continua pour
n'avoir plus à revenir sur un sujet qui,
après tout, était pour lui une assez désagréable corvée à accomplir.

— Oui, poursuivit M... avec feu, je
viens vous faire l'aveu de mon erreur! Je
vous avais dit : agissez ainsi, et vous sauve-
rez les jours de votre femme ; vous êtes en
droit de me dire : la conduite que vous me
prescriviez pouvait tuer une femme que
j'adore. Je sais quels sont mes torts envers
vous ; je vous en demande pardon ; il est
temps encore de tout réparer. Je réponds
de tout, si, dans un temps assez rapproché,
Mme A... a le bonheur de devenir mère.

— Ah! se contenta de faire le pauvre
mari.

— Je vous comprends, dit le docteur

qui était bien aise sans doute de pousser jusqu'au bout cette petite comédie; je vous comprends : entre ces deux arrêts contraires, vous hésitez; vous ne savez pas où est la vérité! C'est là le châtiment de l'erreur que j'ai commise; vous avez raison, et je n'ai rien à dire. Pourquoi celui qui se trompait si grossièrement il y a six mois ne se tromperait-il pas aujourd'hui? Je porte la peine de mon ignorance. Appelez un autre médecin, appelez-en dix ; cette fois je crois être sûr de ce que j'avance, autant qu'il est donné à l'homme d'être sûr de quelque chose. Si un seul de mes confrères me condamne, je me tairai et j'avouerai que j'ai tort. Mais, voyez-vous, mon ami, je suis sûr de mon fait.

A... n'avait pas du tout envie de contester à M... le mérite de sa nouvelle ordonnance. Il avait eu quelque peine à se soumettre à la première; mais la dernière était trop de son goût pour qu'il s'avisât d'y faire la moindre objection. Il prit affectueusement la main du docteur et l'assura de toute sa docilité, en même temps qu'il protesta de sa confiance en lui. Quand le perfide docteur se tint pour certain qu'il était pardonné, il se retira modestement, laissant au mari, qui, cette fois, se chargea de la mission avec joie, le soin d'apprendre à son heureuse épouse que la prohibition jetée sur le lit conjugal, par la sévère et redoutable Faculté, venait d'être levée par elle, et remplacée au contraire par une réunion obligatoire. Mme A..., en femme soumise et coupable, se prêta merveilleusement à la circonstance, et bientôt sa grossesse fut annoncée solennellement dans la famille.

Rien ne peut égaler l'admiration que A... voua au docteur M... Quand on venait à parler de la belle santé de Mme A..., son mari avait l'habitude constante de s'écrier :

— C'est pourtant à M... que nous devons cela ! vous savez l'histoire de la grossesse !

Et comme ceux qui savaient le mieux à quoi s'en tenir ne manquaient pas de faire les ignorants, A... se mettait à raconter la chose depuis A jusqu'à Z, ce qui était tout à fait réjouissant pour les auditeurs. Le docteur M..., par le moyen de son ami A..., qui était la meilleure trompette du monde, passa bientôt, dans un certain monde, pour être doué d'une modestie non moins grande que son talent. Un de ses confrères, qui ne l'aimait pas, disait que l'une était justement égale à l'autre ; et ce qui rendait le mot méchant (et injuste, il faut l'avouer), c'est que rien n'était plus imaginaire que la modestie du docteur M...

Madame A... ne fut pas aussi reconnaissante qu'elle l'aurait dû, ou le docteur se lassa d'elle, car un an ou quinze mois plus tard, elle était la maîtresse du général F..., plus fameux par quelques duels peu honorables et son adresse au pistolet que par son mérite et son courage. Le général F... était un assez mauvais homme. Il justifiait pleinement le joli mot que lui dit un jour M. de Montrond. On parlait du calendrier républicain, dans lequel les saints avaient été remplacés par des noms de fleurs et de fruits. On demanda au général F... à quelle fleur ou à quel légume correspondait son nom dans le calendrier de la république.

— Je m'appelais *Réséda*, dit le général.

— Tiens ! dit M. de Montrond, c'est drôle ! je croyais que c'était *la Tulipe !*

Les véritables *la Tulipe* auraient eu honte de faire ce que fit le général F... à l'égard du pauvre M. A...

M. A... avait une maison de campagne à Saint-Maur. Il avait été un jour à Paris, et avait annoncé qu'il ne reviendrait que le lendemain. Le général, informé à temps par madame A..., vint dîner à Saint-Maur, et il fut convenu entre les deux amants qu'il ne s'en irait qu'une heure ou deux avant le moment du retour probable du maître du logis.

Vers deux heures du matin, on entend sonner à la grille ; une voiture entre dans la cour, et bientôt la voix de M. A... se fait entendre. Le général n'a que le temps de se jeter dans un cabinet de toilette en ramassant ses vêtements à la hâte ; et à peine était-il en lieu de sûreté, que le mari entra dans la chambre conjugale.

Madame A... fit semblant de dormir. A..., qui ne revenait pas du tout poussé par la jalousie, mais uniquement parce que les gens à qui il avait affaire étaient absents de Paris, ne jugea pas à propos de la réveiller. Il se glissa discrètement à côté d'elle, et souffla sa bougie sans mot dire. Mais à peine était-il couché que madame A... se mit à gémir, et lui dit d'une voix plaintive:

— Mon Dieu! mon ami, vous êtes là? Ah! si vous saviez ce que je souffre!

— Qu'avez-vous donc? dit A... tout effrayé.

— Je souffre le martyre, reprit madame A..., de ces douleurs d'estomac que vous me connaissez. Vous savez que le docteur m'a ordonné de prendre de l'o-

pium : j'ai laissé l'ordonnance à Paris.
J'ai envoyé Julie ce soir chez le pharmacien du village : il n'a pas voulu en donner ; mais je suis certaine que si vous pre-
niez la peine d'y aller vous-même, il ne
vous en refuserait pas.

— Je ne savais pas que vous prissiez de
l'opium, dit M. A...

— Voilà plus d'un an, dit madame A...,
en gémissant de plus belle. Ah! que je
souffre !

— Ma bonne amie, dit le pauvre mari,
ayez un peu de patience ; dans dix minutes
je suis de retour.

Et le bon M. A... se jeta à bas du lit,
chercha à tâtons ses habits, et vola chez
le pharmacien.

Le général sortit de sa cachette : il s'é-
tait aperçu que, dans sa précipitation, il
avait oublié sur un meuble la partie la

plus nécessaire de ses vêtements. Il cherha dans l'ombre, sentit une jambe de pantalon, s'empara du vêtement, le passa rapidement, et s'élança dans le jardin, d'où il lui fut facile d'escalader la muraille et de retourner à l'auberge où il avait laissé son cabriolet.

M. A... arriva chez le pharmacien. Il est bon de savoir que M. A... appartenait à je ne sais quelle administration dont les employés portaient un uniforme presque militaire. M. A..., qui occupait dans cette administration des fonctions assez élevées, portait donc un pantalon bleu avec une bande d'or sur la couture, comme les officiers-généraux en petit uniforme. Quand il eut conté son antienne au pharmacien, qui lui donna ce qu'il demandait, tout en s'excusant de n'avoir pas sans doute été présent quand mademoiselle Julie était venue, le pharmacien, qui était de la connaissance de M. A..., crut pouvoir lui dire familièrement :

—Ah! vous étiez donc de service?

— Moi, fit A..., point du tout; j'ai été à Paris pour affaires; j'ai diné aux Provençaux avec deux ou trois de mes amis; nous avons fait une bouillotte, et j'arrive à l'instant.

—Pardon, dit l'honnête pharmacopole, je croyais... à cause de votre pantalon...

A... jeta les yeux sur son pantalon, et resta pétrifié en voyant qu'effectivement il avait un pantalon semblable à celui qu'il portait avec son uniforme.

— C'est inconcevable! dit-il : je rentre... Je n'y comprends rien !

— Ma foi, dit le pharmacien, ni moi

non plus; on dirait que ce pantalon a été fait pour moi.

Le pharmacien était juste de la taille du général F..., lequel n'était pas du tout de la taille de M. A...

— C'est à en devenir fou ! dit A... : j'avais un pantalon gris. D'ailleurs j'étais en bourgeois; j'en suis bien sûr.

Comme le pharmacien n'était pas dans la possibilité de donner le moindre renseignement sur l'origine du pantalon, il souhaita le bonsoir à son voisin, qui se retira au comble de l'étonnement.

— Voilà votre opium, ma chère, dit à sa femme en rentrant M. A..., qui s'était fait donner une lumière; mais pourriez-vous m'expliquer comment j'ai pu prendre ce pantalon tout à l'heure, au lieu de.....

M. A... n'acheva pas. La chambre était

petite : il cherchait le pantalon gris qu'il venait de quitter il n'y avait pas une demi-heure. Le pantalon était absent.

Le temps d'arrêt que fit le malheureux A... donna à sa femme le temps de se re-mettre : elle avait compris tout de suite que son mari, dans l'ombre, avait pris le pantalon du général pour le sien, et que le général avait pris celui de son mari. Elle ne vit d'autre moyen de sortir d'em-barras que de faire une scène à ce pauvre homme.

— Que voulez-vous dire ? monsieur, lui dit-elle sèchement.

— Je veux dire que je viens de quitter un pantalon gris, et que je me trouve avoir un pantalon d'uniforme.

— Je ne sais si votre domestique n'aura pas laissé un de vos pantalons

dans cette chambre, dit d'abord madame
A... d'un air assez indifférent.

— Vous voyez bien, dit A..., que ce
pantalon est de six pouces trop long pour
moi.

— Alors, dit madame A... en affectant
un air de dégoût et de mépris, c'est que
vous venez de quelque lieu où il a été
possible que vous fissiez échange de pantalons avec quelqu'un de vos amis. Je
trouve d'assez mauvais goût le soin que
vous prenez de me le faire remarquer.

A... était foudroyé.

— Je viens de faire une bouillotte,
dit-il piteusement, et je vous jure que...

— Que vous n'avez point échangé votre
pantalon contre un pantalon d'uniforme?
Assez, monsieur! cette discussion me
donne mal au cœur. Veuillez me donner
cet opium et me laisser en repos.

A... était si consterné, l'effet produit
par le pantalon à bandes d'or avait été
tellement méduséen pour lui, il était surtout tellement abasourdi de ne pas re-
trouver son pantalon gris, qu'il ne lui
resta pas assez de présence d'esprit pour
soupçonner la vérité, et qu'il sortit tout
honteux de la chambre de sa femme pour
regagner sa pauvre chambre solitaire,
qu'il avait presque abandonnée depuis le
second arrêt du docteur M...

Le malheureux ne ferma pas l'œil de
la nuit; mais il n'était pas au bout de ses
peines.

Le lendemain, vers dix heures du matin, son domestique vint lui dire qu'un
hussard demandait à lui parler et à lui
remettre une lettre et un paquet qu'il
n'avait voulu confier à personne, ayant
l'ordre, avait-il dit, de ne donner la lettre

et le paquet qu'à M. A... en main propre.

Le hussard fut introduit.

— C'est bien vous, dit-il en saluant militairement le maître de la maison, c'est bien vous qui êtes M. A...?

— Moi-même, dit A...; qu'y a-t-il pour votre service?

— Voici, dit le hussard, un billet-doux de mon général.

Il remit à A... une lettre qui était ainsi conçue :

« Monsieur,

« Me trouvant hier dans le même lieu « que vous, le hasard a fait que nous eus- « sions le malheur de troquer, dans un « moment pressant, moi, mon pantalon « contre le vôtre, vous, votre pantalon « contre le mien. Je vous serai reconnais- « sant si vous voulez bien remettre à mon

« hussard le pantalon bleu à bandes d'or
« que vous avez passé, sans doute par mé-
« garde, en échange du pantalon gris que
« je vous renvoie, et que tout me porte à
« croire vous appartenir.

« J'ai l'honneur, etc., etc.,

« Général F... »

Il eût fallu être plus aveugle que ne
l'était le malheureux A... pour ne pas
comprendre ce qui en était. Déjà la présence du général, qu'il ne connaissait lui-
même que fort peu, et qui s'était lié avec
madame A... dans une maison tierce où
A... allait rarement, l'avait plus d'une
fois contrarié. Il ne pouvait conserver de
doutes sur la nature de ses relations avec
sa femme. Mais A... était d'une nature
pacifique; il ne sonna mot, remit le

malencontreux pantalon à bandes d'or au
hussard du général, s'affligea beaucoup
d'abord, puis en prit son parti et finit
par divorcer avec madame A..., qui en
était venue à donner autant de rivaux au
docteur et au général, que le premier
avait de clients et le second de créan-
ciers.

Des personnes qui ont beaucoup connu
le général F..... m'ont affirmé qu'elles
étaient convaincues que le général, qui
aimait à faire le crâne, se fût abstenu de
l'ignoble plaisanterie qu'il crut pouvoir
se permettre vis-à-vis du pacifique A...,
s'il avait eu affaire à un homme d'un
autre caractère.

VIII.

Sans vouloir faire ce que l'on appelle du *chauvinisme*, j'avoue qu'il est une chose dont je me rends très-difficilement compte, c'est à savoir que les femmes, à qui l'Empereur accordait quelque at-

tention aient pu se résoudre à le tromper pendant que durait sa liaison avec
elles. J'aime à croire que l'on ne trouvera
pas étroit le point de vue auquel j'en-
visage cette question : j'en veux tout autant à Gabrielle d'Estrées d'avoir trompé
Henri IV, que j'en veux à celles qui trom-
paient Napoléon, que j'en voudrais à
La Vallière si elle avait trompé Louis XIV.
On peut résister à un grand prince, à un
grand homme; quand la résistance est
sincère, elle n'en est que plus honorable;
mais quand, par faiblesse ou par ambition, on a cédé à un homme comme l'Empereur, il faut lui être fidèle : l'infidélité à l'égard de certains hommes est
autre chose que de l'infidélité; elle approche du sacrilége.

Une des plus belles personnes de la
cour impériale était sans contredit ma-

dame G..., attachée à la maison de l'Impératrice dans un rang assez inférieur.
L'Empereur la distingua, la désira, l'obtint, et finit par l'aimer assez sérieusement. Mais, soit que madame G... ne fût
pas capable de fidélité même envers l'Empereur, soit qu'elle ne comprît pas son
colossal amant, toujours est-il que Napoléon partageait avec d'autres les plus
intimes faveurs de la belle madame G...

Il est probable que le coup d'œil d'aigle de cet homme extraordinaire voyait
clair comme le jour tout ce qui se passait, mais que, dominé par les grandes
pensées qui l'occupaient, il ne s'inquiétait pas autrement de choses qui, après
tout, lui importaient peut-être assez peu.
Peut-être aussi ce coup d'œil d'aigle qui
lisait couramment sur un champ de bataille, qui devinait l'homme de mérite

dès la première fois qu'il le rencontrait,
ce coup d'œil d'aigle qui embrassait le
monde parce qu'il y avait une mission à
accomplir, peut-être, hélas! était-il, dans
la vie privée, incapable de juger les
choses les plus vulgaires. Peut-être l'harmonie générale, dont nous ne savons pas
les lois, exige-t-elle que nul ne sera
grand aux yeux des hommes qui le con-
templent sur le théâtre où il se montre,
que sous peine d'être trompé comme un
sot quand il est rentré dans la coulisse et
qu'il n'a plus autour de lui le prestige et
l'éclat de la scène.

Comme je ne suis pas plus qu'un autre
dans le secret de l'harmonie générale, je
vous dirai tout bonnement que je n'en
sais rien, ni vous non plus. Quoi qu'il en
soit, comme il n'y a pas d'effet sans cause,
la cause, quelle qu'elle fût, eut pour ef-

fet que madame G... n'était pas le moins
du monde fidèle à l'amour que sans doute
elle ne manquait pas de jurer à Napoléon
toutes les fois qu'elle était seule avec lui.

Un chambellan, héritier d'un des plus
illustres noms de France, le vicomte de
T..., homme aimable du reste et plein
d'esprit, eut l'honneur, entre autres, de
faire du grand homme ce que le vicomte,
amant d'Angélique, avait fait de Georges
Dandin.

Dans un voyage à Fontainebleau, M. de
T... était de service et accompagna l'Empereur. Madame G..., comme de raison,
fut du voyage; si bien que l'Empereur,
le chambellan et la jolie femme, tout le
monde était content. M. de T..... et madame G... trouvaient mille occasions de se
voir sans témoins, l'Empereur ayant bien
d'autres chats à fouetter que de surveiller

sa maîtresse, et l'espèce de favoritisme avoué de madame de G... lui laissant une liberté d'action dont elle faisait amplement usage.

Mais une occasion plus belle que celles dont les deux amants profitaient habituellement ne tarda pas à se présenter. L'Empereur alla à Paris tout à coup pour y passer cinq ou six jours.

Par Dieu! dans ce beau château de Fontainebleau, au milieu des charmants souvenirs de François Ier, de Henri II et de Diane de Poitiers, jouissant de toutes les aises de la vie matérielle, et auprès d'une maîtresse aussi ravissante que l'était madame G..., qui passait avec raison pour la plus belle personne de la cour, M. de T... dut passer deux ou trois jours délicieux, et ce n'est pas les avoir payés trop cher que de les avoir achetés au prix du

dénouement que l'on va voir. J'en accep-
terais volontiers de pareils à ce prix-là.

L'Empereur était donc à Paris depuis
deux ou trois jours, et ne devait revenir
à Fontainebleau que dans deux ou trois
autres. Les amants ne songeaient à rien
moins qu'à lui, et passaient l'un près de
l'autre les plus agréables moments, lorsque Napoléon, ayant bâclé plus vite qu'il
ne l'espérait les affaires qui l'avaient appelé à Paris, remonta en voiture et retourna ventre à terre à Fontainebleau.

Quand il arriva près de la grille il
était une heure du matin. Tout dormait
paisiblement : l'Empereur, qui n'aimait
l'appareil et l'étiquette que lorsqu'il les
croyait nécessaires, ne jugea pas à propos de faire lever en pied tout le château ; il envoya donc un Guide en avant
pour faire ouvrir une grille de service

et défendre que l'on battit aux champs.
Il descendit de voiture pour ainsi dire in-
cognito, et se rendit à son appartement
sans que la majeure partie de ceux qui
habitaient le château pût se douter que
l'Empereur venait d'y rentrer.

Quand l'Empereur fut seul, il se pro-
mena quelques instants en robe de chambre sur une terrasse ou plutôt un chenal
qui régnait devant son cabinet : il sou-
riait sans doute de son gracieux sourire,
car il méditait une surprise. Il se dispo-
sait à aller trouver à l'improviste la belle
et infidèle madame G...

Tout à coup l'Empereur fait un mouvement involontaire. Au-dessus du chenal s'élève un énorme tuyau de cheminée. L'Empereur s'approche de ce tuyau,
il écoute, ses traits se contractent; il
fronce sévèrement le sourcil; puis tout à

coup, comme si son âme se fût reproché une pensée indigne de lui, il passe
sa main impériale sur son front, laisse
son charmant sourire revenir sur ses lèvres, et, après avoir arpenté trois ou
quatre fois la longueur du chenal les
mains derrière le dos, il descend avec
précaution un petit escalier en colimaçon
qui conduit au rez-de-chaussée, et, dans
le sourire qui anime son beau visage, il
y a quelque chose de malin et de comique qui annonce qu'il se propose de rire
quelque peu, mais aux dépens du grand
désappointement d'autrui.

Parmi mes nombreux lecteurs (car je
ne doute pas qu'ils soient excessivement
nombreux), il y en a beaucoup à qui je
raconte là une histoire qui leur est connue. Mais comme il est infaillible que
dans la quantité il n'y en ait pas égale-

ment un assez grand nombre pour qui
cette anecdote sera toute nouvelle, il est
bon de leur dire, s'ils ne l'ont pas déjà
deviné, que le chenal était précisément
au-dessus de l'appartement que M. le ma-
réchal-des-logis du palais avait assigné,
par hasard sans doute, à madame G…,
et que le tuyau de cheminée d'où était
sorti le bruit qui avait attiré l'attention
de l'Empereur, était celui de la cheminée de la chambre à coucher. Le bruit
qui avait occasionné le froncement de
sourcil impérial était tout bonnement celui que faisaient en causant madame G…
et M. de T…, M. de T… était un terrible
causeur.

Quand le premier mouvement de dépit
fut passé, nous avons vu que Napoléon
avait repris son sourire de bonne humeur. Il trouva très-gai de surprendre

les coupables en flagrant délit, et c'est pour cela qu'il descendit à pas de loup le petit escalier qui conduisait chez sa maîtresse.

Les portes étaient sans doute soigneusement fermées du côté de l'entrée officielle de l'appartement; mais, dans sa sécurité complète, madame G... n'avait pas songé une minute à se barricader du côté de l'escalier de communication; il est même probable qu'il n'y avait pas de verrou à la porte qui se trouvait au bas de cet escalier. Il n'y a rien de perfide comme les appartements bien comfortables : les gonds des portes sont parfaitement huilés; partout le pied se pose sur de moelleux tapis. L'Empereur arriva donc à la chambre à coucher de madame G... sans que le moindre bruit pût trahir sa venue. Il ouvrit doucement la porte, s'avança sur la pointe du pied, et les deux amants étaient si occupés de leur conversation, que ce ne fut que lorsque Napoléon ouvrit les rideaux du lit qu'ils s'aperçurent de sa présence.

Ils crurent voir la tête de Méduse. L'Empereur qui, comme chacun le sait, était un tyran sanguinaire à la façon de Tibère et de Néron, ne manqua pas sans doute de faire éclater son courroux, d'appeler main-forte et de faire jeter dans un des plus obscurs cachots de Vincennes le pauvre M. de T..., qui était resté pétrifié à son aspect. Mon Dieu, non! L'Empereur, en robe de chambre, son bougeoir à la main, ouvrit les rideaux, regarda madame G... et M. de T... avec un sang-froid imperturbable, ne prononça pas une parole, tourna sur ses talons, remonta son petit escalier, et fut se coucher tranquille-

ment, non sans rire comme un bienheu
reux de l'effroi qui sans doute s'était peint
sur le visage des coupables.

M. de T..., qui savait bien que l'Empereur n'était pas un tyran, ne tarda pas à se
remettre de sa première frayeur ; mais le
lendemain il prétexta une indisposition,
demanda un congé et retourna à Paris,
n'osant reparaître devant le maître envers
qui, après tout, il ne pouvait se dissimu-
ler qu'il avait des torts. Madame G... perdit sa faveur. L'appartement fut, je crois,
donné à une autre, et là se borna la vengeance que l'Empereur crut devoir tirer
de sa perfidie.

On a beaucoup parlé des amours de
Napoléon. Il paraît certain, au dire des
gens les mieux informés de la cour impériale, qu'il n'eut jamais, en dehors des
deux Impératrices, qu'une véritable af-

fection : ce fut pour madame la comtesse
D... Celle-là, du moins, la mérita. Bonne
autant que belle (et, certes elle devait
l'être alors, car, malgré près de quarante
années écoulées depuis le temps dont je
parle, elle l'est encore aujourd'hui), elle
avait compris tout ce que valait l'amour
d'un pareil homme, et elle lui avait voué
un attachement réel qui ne s'est jamais
démenti. Madame D... aimait l'Empereur
pour lui-même, parce qu'elle était aimée
de lui, comme mademoiselle de La Vallière aimait Louis XIV. Aussi l'Empereur
n'agissait pas envers elle comme envers
tant d'autres. Il prenait, pour voir sa maîtresse, les mêmes précautions qu'un homme ordinaire prend pour aller trouver
une femme qu'il craint de compromettre.
Ce n'est pas une des choses les moins cu-
rieuses de la vie extraordinaire de cet

homme, que ces excursions nocturnes en
faveur desquelles il dérobait trois ou quatre heures à son travail pour traverser
tout Paris, aller escalader un mur, sans
jamais se faire accompagner de personne.
Il est bien vrai que la police secrète de Du-
roc et de Berthier le surveillait sans qu'il
s'en doutât; mais ceux qui ont vu cette
époque de près, s'accordent à dire qu'il
se croyait seul; et certes il fallait qu'il aimât bien cette femme pour s'exposer ainsi
afin d'aller passer avec elle une heure ou
deux; et, pour que l'Empereur aimât cette
femme à ce point, combien il fallait qu'elle
en fût digne!

Hélas! au milieu de sa plus grande
gloire, il a dû avoir si souvent des moments remplis d'amertumes; depuis, bien
plus encore, il a dû si souvent répandre
de brûlantes larmes, qu'il faut savoir gré

à celle qui, dans le cours de sa vie, lui a fait goûter quelques instants de joie. Quiconque admire l'Empereur doit être reconnaissant envers la femme qu'il a tant aimée, pour l'amour qu'elle lui vouait, et qui a pu lui faire dire : Je suis heureux !

Madame G..., dont j'ai parlé au commencement de ce chapitre, n'avait pas autant de longanimité que l'Empereur. Elle ne pardonna pas à une femme qui lui avait enlevé un amant, quoique celle-ci fût bien moins belle qu'elle. Voici l'histoire.

La comtesse de N... était une des femmes les plus coquettes de la cour. Elle avait eu un goût assez prononcé pour M. de S..., alors fort à la mode, et lui avait fait quelques avances; mais, soit que M. de S... fût occupé alors d'une manière qui lui convînt mieux, soit que madame de N...

n'eût pas employé tous ses moyens de sé-
duction, elle en avait été pour ses avances,
et le beau S... n'avait pas répondu à l'ap-
pel fait à son cœur.

Plus tard, M. de S... se trouva lié avec
madame G... Je ne sais pourquoi, madame
de N... était l'ennemie déclarée de madame G... Elle recommença alors son ma-
nége sur de nouveaux frais, bien qu'elle
s'attaquât cette fois à plus forte partie
que la première. Cependant, par une de
ces bizarreries inexplicables du cœur hu-
main, M. de S..., qui avait à peine pris
garde à madame de N... lorsqu'il était l'a-
mant d'une femme qui lui était bien infé-
rieure en beauté et en agréments de toute
espèce, M. de S... sembla enchanté des
avances que lui faisait la même femme,
alors qu'il avait pour maîtresse la plus jolie personne de l'Europe.

Madame G... s'aperçut de ce qui se passait : elle mit tout en usage pour retenir l'amant qui allait lui échapper. La victoire demeura à madame de N... M. de S... abandonna complétement madame G... pour une rivale qui ne la valait pas.

Madame G... jura de se venger ; mais elle faisait peu de cas d'une vengeance ordinaire ; il lui fallait une *vendetta* d'Italienne. La chose était facile avec les éléments que lui offrait le hasard.

M. de N... était jaloux à l'excès. Sa femme le savait, et elle avait assez d'habileté pour faire marcher de front sa coquetterie et même sa galanterie, et les précautions qu'elle était obligée de prendre contre la jalousie de son Othello. Une simple dénonciation pouvait donc manquer son but, et comme madame G... ne voulait pas se borner à gêner les deux amants, elle avisa à un moyen plus sûr de perdre sa rivale.

Elle ne tarda pas à le trouver. Elle mit en campagne de nombreux espions qui lui apprirent bientôt que M. de S... avait loué à Saint-Ouen une petite maison de campagne sous un nom supposé, et qu'il y voyait madame de N..., dont la campagne était dans les environs.

Madame G... voulait que l'esclandre qu'elle méditait eût de l'éclat. Elle échafauda son plan en conséquence.

M. de N... avait un emploi assez élevé au ministère de la police (ce qui mettait à la disposition de sa jalousie de terribles moyens de surveillance, mais, comme cela arrive d'ordinaire en pareil cas, ne lui apprenait cependant rien du tout). Un jour il reçut une lettre anonyme ainsi conçue :

« Une personne qui vous porte le plus
« grand intérêt a découvert, par hasard,
« un complot contre le gouvernement de
« l'Empereur. Vous devez savoir que si
« ce complot est tout simplement dénoncé
« par vous, d'autres profiteront de la ré-
« compense. Il vous importe donc de vous
« mettre en évidence. Votre position vous
« met à même de disposer de la force ar-
« mée dans un cas donné. Servez-vous-en.
« Voici les détails et la marche que vous
« avez à suivre :

« Un homme très-actif est à la tête d'un
« mouvement en faveur des Bourbons ; il
« a de fréquentes entrevues avec une
« femme dont on ne connaît pas le nom :
« tous deux, du reste, portent de faux
« noms. L'homme se fait appeler, à Saint-
« Ouen, où il a une maison de campagne,
« M. Albert. Tout porte à croire que, dans

« cette maison se tient le conciliabule des
« conspirateurs. La femme sans nom est
« positivement la plus importante du
« parti. Vous serez averti du jour où elle
« s'y trouvera. Soyez donc toujours sur
« vos gardes.

« Cet avis est tout à fait désintéressé.
« *C'est pour vous seul* qu'on vous le donne.
« Plus tard vous saurez de qui il vous
« vient. »

N... ne crut voir dans cette lettre ni une
mystification ni une extravagance. Bien
qu'il ne comprît pas très-bien quel intérêt
pouvait engager le dénonciateur anonyme
à le choisir pour confident, de préférence
au ministre lui-même, il ne laissa pas
d'ajouter foi à la révélation, s'expliquant
à peu près la démarche de l'inconnu par
la réputation dont lui, N..., jouissait au

ministère, d'être d'une extrême sévérité.
Il garda donc par devers lui la lettre qu'il
avait reçue, se résignant à ne marcher que
sur les indications de la personne qui s'offrait à le guider.

Il voulut cependant s'assurer par lui-
même du degré de confiance que l'on pouvait ajouter à ces révélations plus ou moins
vagues. Il mit en quête un agent très-ha-
bile qui lui fit un rapport confirmatif des
faits avancés par l'anonyme, c'est-à-dire
que le rapport de l'agent constata qu'une
maison de campagne avait été louée à
Saint-Ouen au nom d'un certain M. Albert,
et l'agent, qui voulait se faire valoir, ayant
eu connaissance que M. de S... venait assez souvent dans cette maison (il ne sut
pas que M. de S.. était le même que le
mystérieux M. Albert, sans doute parce
que S... ne prenait pas la peine de le dis-

simuler), il crut devoir informer son patron de cette circonstance.

Comme M. de S... tenait au faubourg Saint-Germain, et que M. de N... ne l'aimait pas, il ne fut pas fâché de cet accroissement de lumières qui semblait lui confirmer ce que la lettre de l'inconnu lui avait appris. Il se promit de mettre tous ses soins à cette affaire qui devait lui faire honneur, et il attendit avec impatience de nouvelles indications.

Elles ne tardèrent pas à lui parvenir. Trois ou quatre jours étaient à peine écoulés quand il reçut une seconde lettre où on l'informait que le lendemain une entrevue devait avoir lieu entre le chef de la conspiration et la femme inconnue qu'on lui avait déjà signalée comme un personnage d'importance. M. de N... dressa ses batteries, et se transporta à Saint-Ouen avec des forces respectables.

Il n'est rien de plus facile à persuader qu'un homme de police à qui l'on dénonce un complot. Cette entrevue mystérieuse entre un homme et une femme aurait, dans toute autre position, paru à M. de N... ce qu'elle était en effet, une affaire de galanterie. Mais en matière de police tout prend des proportions gigantesques. Les personnes qui appartiennent à cette administration sont toujours disposées (je ne parle que de celles qui sont de bonne foi) à voir dans les choses les plus indiffé-rentes des conspirations et des émeutes, semblables en cela à M. Cagnard, qui rentre chez lui saisi d'épouvante parce qu'il a vu des gens qui entraient dans des boutiques, d'autres qui en sortaient, et qu'il a remarqué beaucoup de monde dans les rues, *surtout dans les quartiers populeux.*

Bref, le bon M. de N... s'achemina vers Saint-Ouen, caressant par la pensée les heureux résultats qu'aurait pour son avenir la capture importante qu'il allait faire. Le billet lui avait assigné une heure fixe. Il fut exact, et à l'heure précise la maison fut entourée de manière à ne pas laisser échapper une hirondelle. M. de N... frappa à la porte : personne ne répondit ; il s'y attendait. Enfin il fit retentir les paroles sacramentelles :

— Au nom de la loi et de l'Empereur !

Un domestique parut au bout de quelques instants à une croisée, et demanda à M. de N... ce qu'il voulait.

M. de N... réclama l'entrée en répétant la formule. Le domestique le pria d'attendre un instant, puis bientôt la porte s'ouvrit. M. de N... pénétra dans la cour avec vingt fusiliers.

— Il n'y a personne dans cette maison, dit le domestique. A qui voulez-vous parler, monsieur?

— Au maître de la maison, dit M. de N..., à M. Albert.

— M. Albert est absent, dit le domestique; je suis seul ici.

— C'est ce que nous allons voir, dit M. de N... Sergent! dit-il en se tournant vers le sous-officier, prenez avec vous six hommes et suivez-moi. Voici un mandat, dit-il au domestique; la résistance, vous le voyez, serait plus qu'inutile et aggraverait votre position.

Comme il disait ces mots, un violent coup de sonnette retentit au premier étage. Le domestique parut consterné. M. de N... sourit.

— On aura fait ses réflexions, dit-il ; je ne veux pas abuser de la force : allez, mon ami, allez voir ce que l'on vous veut, et dites à ce monsieur Albert que je suis accompagné de manière à faire respecter l'ordre dont je suis porteur ; dites-lui aussi, ajouta-t-il, que toutes les issues sont soigneusement gardées, et que la moindre tentative d'évasion serait inutile.

Il dit ces derniers mots à haute voix, et se mit à se promener de long en large dans la cour, se félicitant de n'être pas venu pour rien puisqu'il trouvait les oiseaux à la nichée.

Le domestique revint presque aussitôt, et dit à M. de N... que son maître le priait de monter chez lui.

M. de N... était courageux ; le sergent

fit un pas pour monter avec lui. N.....
l'arrêta.

— Tenez-vous en observation, lui dit-
il; au moindre bruit entrez avec vos
hommes; mais puisqu'on veut me parler, je veux y aller seul; d'ailleurs je suis
armé.

Et il suivit le domestique, qui le conduisit dans un salon situé au premier
étage.

Il trouva dans cette pièce M. de S.....
pâle comme la mort. Son aspect ne parut
pas étonner M. de N..., qui, en le voyant,
se contenta de jeter un regard inquisiteur
sur le reste de l'appartement, comme pour
découvrir s'il y était seul.

M. de S... s'avança vers M. de N...

—Monsieur, lui dit-il, je vous remercie d'être monté seul, cela vaut mieux
pour tout le monde; j'aime à croire qu'il

y a une méprise, car je pense avoir l'honneur d'être connu de vous.

M. de N... remarqua que le trouble où était M. de S... le faisait divaguer, puisqu'il lui demandait s'il le connaissait, question tout à fait extravagante.

—Certainement, monsieur, j'ai cet honneur, dit-il avec un peu d'ironie, et c'est précisément ce qui me prouve qu'il n'y a au contraire pas la moindre méprise. Vous m'êtes également signalé.

— Signalé? dit M. de S..., je ne comprends pas du tout!

— Vous devez cependant bien deviner ce que je viens faire ici, monsieur, dit M. de N...

— Pas le moins du monde, dit le pauvre M. de S... en devenant plus pâle encore, car il ne disait pas la vérité, et il

croyait bien savoir ce qui amenait M. de
N... à Saint-Ouen.

— C'est juste, dit M. de N..... froidement; c'est toujours ainsi en pareil cas.
Mais pourquoi, je vous prie, ne vois-je
point là un certain M. Albert?

— M. Albert! s'écria M. de S....

— Sans doute, dit M. de N... avec un
peu d'impatience; allez-vous me dire que
vous ne le connaissez pas?

— Je n'aurais garde, dit M. de S...,
qui, malgré son trouble, ne put retenir
un sourire.

— Et cette femme mystérieuse qui vient
ici s'entretenir avec vous et avec lui, où
est-elle? Je vous le déclare, monsieur, je
ne sortirai de cette maison que lorsque,
de gré ou de force, je me serai assuré de
vous et de ces deux personnages au moins.
Veuillez donc déposer toute feinte; par

considération pour vous, je m'abstiendrai de faire aucune perquisition si vous obéissez à l'instant même ; je prends peut-être un peu sur moi en vous parlant ainsi : reconnaissez ce que je fais, et n'essayez pas une résistance qui pourrait avoir pour vous et vos co-accusés les conséquences les plus funestes.

— Mes co-accusés ! dit M. de S... stupéfait ; je vous donne ma parole d'honneur que je ne comprends plus un mot à ce que vous me dites.

M. de N... fit un geste d'impatience, et se dirigeant vers la croisée :

— Vous le voulez, monsieur ; c'est vous seul que vous devrez accuser de ce qui pourra advenir.

M. de S... vit que M. de N... allait appeler main-forte ; il s'élança vers lui :

— Un instant encore, lui dit-il ; je

vous en supplie, monsieur, au nom de ce
que vous avez de plus cher en ce monde.

— Je vous écoute, monsieur, dit N...
en posant à sa droite une paire de pistolets, car il pensait que toutes ces lenteurs
pouvaient bien être un piége; et comme
il était réellement brave, il se tenait prêt
à se défendre. M. de S... qui, lui aussi,
était brave jusqu'à la témérité, ne put
retenir à la vue de ces armes un mouvement d'effroi, que M. de N... eût peut-
être interprété d'une manière défavorable
s'il l'eût aperçu, car il est certain qu'il
n'eût pas compris ce qui épouvantait
M. de S...

— Monsieur, dit M. de S..., la position que vous occupez, l'appareil officiel
déployé en cette circonstance, les mots
de mandat, de co-accusés que vous avez
prononcés, me font voir, sans que je

puisse comprendre de quoi il s'agit, que je suis victime d'une erreur, et peut-être bien d'une odieuse calomnie.

— Une calomnie, c'est possible, dit tranquillement M. de N..., c'est ce que la suite nous fera voir; quant à une erreur, soyez persuadé qu'il n'y en a point : les renseignements sont positifs.

— Peut-être, dit M. de S...; par exemple vous exigez que je vous livre M. Albert : je ne le puis.

— Pourquoi ?

— C'est que M. Albert, c'est moi-même.

— La chose n'est pas impossible, dit M. de N... après avoir réfléchi quelques instants; mais cependant il se peut qu'il en soit autrement. Vous voyez bien, monsieur, que je ne puis m'empêcher de faire mon devoir; votre parole, qui serait plus que suffisante pour moi en toute autre circonstance, ne saurait être admise en pareil cas. Je ne puis sur une pareille assertion laisser peut-être échapper un dangereux criminel d'État.

— Un criminel d'État! s'écria M. de S..., qui marchait de surprises en surprises.

— Eh! mon Dieu! s'écria M. de N..... à qui à la fin la patience échappait, vous voyez bien, monsieur, que je suis au fait. Je vous le répète : ou vous allez à l'instant même me livrer ce mystérieux Albert et cette femme non moins mystérieuse dont vous ne réclamerez pas sans doute l'identité, ou cette maison va être soumise aux recherches les plus minutieuses, dussé-je la renverser de fond en comble pour trouver ceux que je cherche. Je vous donne cinq minutes pour réfléchir.

M. de N... s'assit tranquillement après

cette sortie, et laissa M. de S... réfléchir
à son ultimatum.

Au bout de quelques instants, celui-ci
s'avança lentement vers M. de N... et lui
dit :

— Monsieur, je vois que je suis victime
d'une odieuse machination. On a voulu
me perdre, moi et une autre personne, et
pour y arriver on a inventé la fable que
vous croyez être une réalité. Me croyez-
vous un homme d'honneur?

— Oui, dit M. de N..., en dehors de ce
qui nous occupe : en galanterie et en politique, pour sauver une femme ou un
parti, les plus grands parjures sont parfois ce que l'honneur ordonne de faire.

— Je vous donne ma parole d'honneur,
continua d'une voix émue M. de S..., que
je suis dans cette maison seul avec une
femme que j'aime, et que ce faux nom

d'Albert est celui que j'ai pris pour louer cette maison sans éveiller les soupçons.

— La chose est possible, dit M. de N...; mais je suis au désespoir que vous me for- ciez à vous dire que je ne saurais vous croire sur parole. Dans la position où vous vous trouvez, en admettant que mes ren- seignements soient justes, vous ne pou- vez espérer de vous en tirer avec une his- toire plus ou moins ingénieusement in- ventée. C'est donc avec le plus grand re- gret que je me vois forcé de passer outre.

— Elle est perdue! s'écria M. de S... en se frappant le front.

M. de N... allait appeler le chef du dé- tachement. S... s'élança entre lui et la croisée.

— Monsieur, lui dit-il, veuillez déposer ces armes; sur l'honneur de ma mère, je vous jure que vous ne courez aucun dan-

ger. Accompagnez-moi dans la chambre
voisine, et vous verrez qu'*il faut* renvoyer
tout ce monde.

N... regarda S... fixement.

— Monsieur, lui dit-il, je ne veux pas
avoir à me reprocher d'avoir reculé devant
ce que ma conscience me dit qu'il m'est
permis de faire. Voilà mes armes ; je vous
suis : puissiez-vous vous justifier !

En parlant ainsi, il remettait ses pisto-
tolets à M. de S..., qui ne put s'empêcher
de lui témoigner par un sourire et un salut
plein de dignité, combien il lui savait gré
de la confiance qu'il lui témoignait. Puis,
le prétendu conspirateur ouvrit le bassinet
avec un incroyable sang-froid, fit tomber
la poudre qui y était contenue, et mit les
armes au repos.

— Venez, monsieur, dit-il : j'ai fait ce
que j'ai pu ; que ce qui arrivera retombe

sur la tête des misérables qui ont ourdi cette odieuse trame.

Les deux hommes entrèrent dans la chambre voisine. M. de S... s'arrêta sur le seuil.

—Soyez maître de vous, monsieur, dit-il à M. de N... Je n'ai pas besoin de vous dire qu'après cela je suis tout à vous.

La porte s'ouvrit.

—Voilà ma complice, dit M. de S... avec un de ces sourires amers qu'arrachent les grands désespoirs, — c'est envers vous, et non envers l'État, que nous sommes coupables. Moi seul dois porter la peine; je suis à vos ordres; — mais renvoyez votre monde : nous sommes assez de deux ici.

M. de N... resta d'abord stupéfait; puis sa rage éclata.

—Malheureuse! s'écria-t-il en voyant sa femme à genoux auprès d'un siége à

l'autre extrémité de la chambre. D'un
bond il voulut s'élancer vers elle. Le poi-
gnet de fer de M. de S... le retint.

— Ceci est entre nous deux, dit l'amant
d'une voix ferme; ou plutôt de vous à
moi : ma vie vous appartient; mais une
femme!...

M. de N... ne répondit pas.

— Donnez donc vos ordres à vos gens,
dit M. de S..., qui avait retrouvé tout
son calme.

M. de N... le regarda sans mot dire, et
sortit pâle comme la mort.

Au bout de quelques instants, M. de S...
et madame de N... entendirent le bruit
des armes, puis celui des pas des soldats
qui s'éloignaient.

Immobiles, silencieux, ils se firent
leurs adieux dans une longue étreinte;

puis ils attendirent le retour de celui qu'ils avaient si cruellement offensé.

M. de N... ne remonta point.

Le domestique de M. de S... lui apporta un petit billet qu'il lut à voix basse; après quoi il dit adieu à madame de N..., qu'il confia à son domestique, prit son chapeau et s'élança dehors.

Madame de N... ne comprit que trop ce que signifiait ce départ; mais elle sentait que l'offenseur ne pouvait refuser réparation à l'offensé.

Elle refusa de s'éloigner avant que l'issue de cette rencontre lui fût connue.

Au bout d'une heure, elle vit de loin arriver une civière portée par des paysans, et auprès de laquelle marchaient l'officier et le sergent du détachement qu'avait amené M. de N... Celui-ci avait avoué à ces braves militaires ce qui se passait, et leur avait demandé de l'assister dans le duel qui allait avoir lieu. Ils avaient accepté.

Derrière la civière marchait un homme la tête baissée et paraissant enseveli dans de profondes réflexions. Quand madame de N... reconnut que cet homme était son mari, elle tomba évanouie.

M. de S... avait reçu une balle dans le cœur, après avoir tiré en l'air.

IX.

Rien n'est plus chanceux que la preuve d'un *alibi;* et je comprends parfaitement que les législateurs n'aient admis qu'avec une extrême réserve cette preuve fournie par des accusés de leur innocence. Sans parler du cheval de ce fameux voleur anglais qui faisait quinze ou dix-huit milles à l'heure, et qui le tira d'affaire en mainte circonstance, il est une infinité de cas où des témoins peuvent affirmer, de la meilleure foi du monde, que telle personne n'a pu être en tel lieu à tel moment donné, à moins d'avoir le don d'ubiquité, basant leur assertion sur la certitude qu'ils ont d'avoir *vu* cette personne le même jour, à la même heure en tout autre lieu, dans lesquels cas ces témoins se trompent de la manière la plus complète. Je demande pardon aux puristes en matière de chronologie de n'avoir pas raconté dans le troisième volume l'histoire que l'on va lire : la seule bonne raison que je puisse leur donner, c'est que, lorsque j'ai écrit le troisième volume, elle ne m'est pas revenue en mémoire. Je me la rappelle au-

jourd'hui, et je l'écris. Mon crime avoué,
n'en parlons plus.

Pendant les guerres d'Italie, le général
M..., depuis duc et maréchal de l'Empire,
fut logé à Milan chez un certain M. C...-
V..., qui avait une très-jolie femme dont
il était jaloux comme un Italien de comédie, ce qui n'empêchait pas la signora de
faire une prodigieuse consommation d'œillades à l'usage des *Francesi maledetti*, et
même de ne pas s'en tenir aux œillades
avec ces aimables conquérants.

Le général n'était pas beau, tant s'en
fallait, mais il était jeune, brave, spirituel, et, pour l'honneur du nom français, il crut ne pouvoir se dispenser de
faire le galant auprès de madame C...-
V... Il fut accueilli de la manière la plus
gracieuse. Il avait compté sur une résistance un peu plus prolongée, et, au bout

de deux jours; le pauvre général eut le désappointement d'obtenir un rendez-vous formel pour le soir même.

Ceci a besoin d'explication : les mauvaises langues à qui l'on doit la propagation de cette historiette prétendent que le genre épistolaire ou la conversation dans les termes respectueux étaient ce en quoi le général brillait le plus, et que c'était l'embarrasser étrangement de lui accorder une faveur qu'il ne demandait que pour la forme. Mais madame C... V... prenait les choses au sérieux; et bien que le général ne fût pas un Adonis, comme elle avait rendu les armes en moins de huit jours à des colonels, et même à des officiers de moindre grade, elle crut qu'en conscience elle ne pouvait opposer à un général une résistance de plus de quarante-huit heures.

Voilà donc le général avec son rendez-vous, aussi content, comme disait un brigadier de mon régiment, qu'une poule qui a trouvé un couteau. (Le proverbe n'était pas de mon brigadier; mais il y ajoutait ordinairement une petite variante : *Une poule qui a trouvé un couteau à* MANCHE NOIR. Je crois que le *manche noir* est de mon brigadier.) Ne sachant donc que faire de sa trouvaille, le général fit part de son embarras à un de ses aides-de-camp, qui sans doute était au courant des secrets de son général.

L'aide-de-camp était un grand gaillard solidement bâti, et qui n'eût pas été effrayé de trouver deux couteaux au lieu d'un; qu'ils fussent à manche noir ou blanc, peu lui importait. Il écouta son général avec attention, et, quand celui-ci

eut achevé sa confidence, il lui dit en re-
troussant sa moustache :

— Si vous n'avez pas envie de la signora, mon général (on voit que l'aide-
de-camp présentait la chose de manière à
ne pas blesser l'amour-propre de son
chef), il y a moyen d'arranger cela sans
qu'elle ait la mortification de savoir que
vous l'avez dédaignée.

— Comment cela? dit le général.

— Rien n'est plus facile, reprit l'aide-
de-camp; au lieu d'accepter un rendez-
vous dans sa chambre, donnez-lui un rendez-vous dans votre appartement.

— Eh bien? dit le général, qui ne voyait
pas quelle différence ce changement de
théâtre apporterait dans sa position rela-
tivement à la belle Milanaise.

— Eh bien, poursuivit modestement le
capitaine, il n'y aura pas de lumière :

vous serez remplacé par votre fidèle aide-
de-camp, qui, comme vous devez bien en
être persuadé, sera trop heureux de vous
rendre ce léger service ; je ne dirai que
ce qu'il faudra dire, et dans les ténèbres
la signora n'y verra que du feu.

M... sourit et se mit à réfléchir.

— Dam ! dit l'officier, c'est à la hus-
sarde ; je vous propose cela, vous pouvez
l'accepter ; c'est un petit service ; vous me
rendrez cela à la première affaire ; vous
m'enverrez au feu une fois de plus, voilà
tout : il y a moyen de nous arranger.

Le général se prit à rire : il serra la
main de son aide-de-camp, qui l'avait vu
assez souvent à l'œuvre sur le champ de
bataille pour savoir que si le général
avait peur d'une belle Italienne, trente
mille Autrichiens ne le faisaient pas sour-
ciller, et que pour renoncer à un rendez-

vous d'amour il n'en était pas moins
homme. La chose fut arrangée ainsi que
l'avait imaginé le capitaine. Il fut convenu que la belle madame C...-V... se ren-
drait en temps opportun dans l'appartement du général : elle n'eut garde d'y manquer. L'aide-de-camp était à son poste;
et quand, aux premières lueurs du matin,
l'infidèle épouse regagna sa chambre, elle
professait pour le général l'admiration la
plus profonde, et il n'eût pas fallu de
grands efforts pour lui persuader qu'en
France les épaulettes d'officier général
s'accordaient à un genre de mérite tout
particulier dont elle faisait le plus grand
cas, mais qui était précisément ce que
Dieu avait refusé au brave général M...

M..., qui était plein d'esprit, joua parfaitement son rôle le lendemain. Son fidèle
aide-de-camp lui donna quelques détails

que le bon général ne put entendre sans laisser échapper un soupir, et il redoubla d'amabilité auprès de la C...-V..., espérant, grâce aux particularités que lui avait confiées le capitaine, qu'il pourrait sans inconvénient coucher le soir dans son lit.

Il avait passé la nuit d'une façon que la circonstance rendait assez bizarre. Le bon C...-V..., qui l'avait mené dans un Casino, et qui était joueur comme les dés et les cartes, avait formé une partie de bouillotte dans laquelle le général s'était engagé. Ne sachant que faire de son temps, et ne demandant pas mieux que de retenir C...-V... loin de son logis, M... s'était facilement prêté au désir du mari de la signora, et on avait joué jusqu'à six heures du matin. M..., au moment de quitter son hôte, voulut le prémunir contre l'effet qu'aurait produit la révélation de la ma-

nière dont il avait passé la nuit, et il demanda à C...-V... de ne pas en parler,
prétextant que sa position d'officier général lui imposait un certain décorum
vis-à-vis de ses subordonnés. C...-V..., qui
n'y vit pas plus loin, lui promit tout ce
qu'il voulut, et ils se séparèrent aussi sa-
tisfaits l'un de l'autre que madame C...-
V... l'était ou croyait avoir sujet de l'être
de l'aimable général.

Le général, qui dans ce moment avait
ordre d'attendre des instructions à Milan,
et qui pouvait se donner un peu de bon
temps, dormit la grasse matinée, fatigué
qu'il était d'avoir joué jusqu'à six heures
du matin. On lui servit à déjeuner dans sa
chambre; et, quant il parut, le digne C...-
V... lui demanda s'il avait été malade.

— Non, dit le général d'un air fort na-

turel, mais je me suis endormi fort tard ;
j'étais un peu fatigué.

— *Capisco* [1] ! lui dit tout bas C...-V...
avec un gros rire.

— *Capisco !* pensa la signora ; et elle
lança en rougissant une œillade passion-
née au général.

— Ce soir à la même heure, dit à l'o-
reille droite de M... le mari en s'éloi-
gnant.

— Ce soir à la même heure, lui dit
tendrement la femme à l'oreille gauche.

— Dans quel guêpier me suis-je fourré ?
dit le pauvre général quand il fut seul ;
le mari me gagne mon argent, et la femme
veut..... Ce diable de R... m'a trop bien
servi ; il n'y aura plus moyen de se débarrasser de cette femme-là.

[1] Je comprends.

Il était impossible de reculer, du moins quant à la signora : pour la partie de bouillotte, M... s'en préoccupait peu ; il lui était tout aussi indifférent de la faire que de faire toute autre chose. Il prévint le capitaine qu'il était encore de garde pour le soir.

— Bon, dit l'aide-de-camp en se frottant les mains, voilà une femme avec laquelle on trouve à qui parler.

— Quel causeur ! pensa le général.

La seconde nuit se passa comme la première, c'est-à-dire que le général joua à la bouillotte avec C...-V..., et que l'aide-de-camp reçut dans l'ombre la jolie Milanaise, qui se retira de plus en plus convaincue que les généraux de l'armée française l'emportaient sur leurs états-majors en mérite, autant au moins qu'en dignité. Ce que c'est que le préjugé !

Le lendemain, C...-V... causait avec sa femme. Comme la raison que lui avait donnée M... en lui demandant de la discrétion ne lui paraissait pas regarder madame C...-V..., il ne crut pas manquer à sa promesse en parlant devant elle des deux parties de bouillotte.

— Ah! dit négligemment la signora; vous avez fait une bouillotte avec le général? Et quand cela?

— Cette nuit! fit mystérieusement le mari.

La C...-V... regarda son mari dans les deux yeux; elle craignait que ce ne fût un piége, et elle voulait tâcher de deviner ce que pouvait vouloir dire une pareille assertion, avant de courir la chance de se trahir en prenant elle-même la parole.

Mais C...-V..., qui ne se doutait pas de ce qui faisait la stupéfaction de sa femme,

ne s'aperçut pas de l'étonnement qui, malgré elle, se peignait sur son visage, et
continua :

— Oui, cette nuit et la nuit dernière,
nous avons fait une bouillotte; mais ne
lui dis pas que je te l'ai dit ; il m'a demandé le secret.

Madame C...-V... se demandait si elle
était folle, ou si son mari devenait fou. Il
y avait en effet de quoi rester pétrifiée,
après ce qui s'était passé, d'entendre son
mari tenir de semblables discours. La seule
chose qui lui vint à la pensée fut que son
mari avait passé ces deux nuits d'une façon
qu'il tenait à lui cacher, et qu'il se retran-
chait derrière le général français, ne se
doutant pas qu'elle avait de bonnes raisons pour savoir qu'il ne disait pas la vérité. Quoiqu'elle s'inquiétât fort peu de
savoir si son mari lui faisait ou ne lui fai-

sait pas des infidélités, et qu'elle n'eût guère le droit de lui rien reprocher à cet égard, il lui passa par la tête la fantaisie de faire une scène de jalousie à ce pauvre C...-V... pour se venger de celles qu'elle avait été si souvent obligée de subir, probablement à plus juste titre.

— Je ne vous demandais pas cette confidence, lui dit-elle d'un ton sec; mais je suis bien aise de voir que vous mentez assez bien.

Ce fut au tour de C...-V... d'être étonné.

— Oui, continua la Milanaise, à quoi bon ce mensonge à brûle-pourpoint? Vous n'avez point passé ces deux nuits à jouer avec le général.

— *Per Bacco!* s'écria le mari, qui était fort de sa conscience, voilà qui est un peu fort!

— J'en suis sûre, dit froidement madame C...-V...

Le mari fit un éclat de rire qui exas-
péra d'abord la signora; puis, réfléchis-
sant à ce qu'elle croyait être la réalité,
elle ne put elle-même s'empêcher de rire
de son côté, et elle se mit à faire chorus
avec son mari.

Le général entra en ce moment accompagné de son aide-de-camp.

— De quoi riez-vous donc de si bon
cœur? dit-il aux deux époux.

—Madame prétend, dit le mari, que je
n'ai pas joué à la bouillotte avec vous cette
nuit et la nuit passée.

— Madame a raison, dit le général à
C...-V... en lui faisant signe de se taire.

— Bah! dit celui-ci bas au général, à
elle on peut le lui dire; c'est sans importance.

— Pas tant que vous croyez, dit M...
en entraînant le mari à l'autre bout de la
chambre ; elle m'a demandé hier si je
jouais, je lui ai répondu que je ne jouais
jamais. Ne me mettez pas dans la position
pénible de lui avouer que je lui ai fait un
petit mensonge ; et puis, s'il faut vous le
dire, le général en chef me saurait mauvais
gré de cette bouillotte : n'en parlons donc
plus, et sacrifiez-moi l'amour-propre de
votre triomphe ; autrement, je serais obligé de renoncer au plaisir de faire votre
partie.

Ce dernier argument, habilement mé-
nagé par la présence d'esprit du général,
décida C...-V... à s'avouer vaincu. Il promit à M... le silence le plus profond.

Pendant ce temps, l'aide-de-camp, voyant
que tout était compromis à moins d'une
manœuvre hardie et désespérée, s'était

approché de la belle opiniâtre, et lui avait dit à voix basse :

— Madame, au nom du ciel! écoutez-moi : je sais tout; le général ne me cache rien. Pour détourner les soupçons de votre mari, il lui a fait le faux aveu d'une liaison qu'il aurait avec une personne de Milan, il a été jusqu'à prononcer un nom : mais il a exigé de M. C...-V... sa parole d'honneur qu'il affirmerait à tout le monde, pour détourner les soupçons d'un mari jaloux, qu'ils avaient passé ensemble ces deux nuits à jouer à la bouillotte. Voilà le secret de ce quiproquo. Au nom de Dieu! remettez-vous, et n'insistez pas davantage.

Madame C...-V..., que cette fausse confidence divertissait fort, redoubla ses éclats de rire. Cependant elle promit à l'aide-de-camp de bien jouer son rôle dans cette petite comédie, et, en effet, il ne fut plus question de rien.

Heureusement pour le général, il reçut, deux jours après, les ordres qu'il attendait. Il quitta Milan, non sans recevoir l'expression sincère des regrets des deux époux, qui trouvaient que le général quittait trop tôt leur ville, l'un parce qu'il lui sentait une assez bonne provision de ducats, l'autre parce que l'on ne renonce pas facilement à une conversation aussi bien soutenue que celle que soutenait l'aide-de-camp au nom de son général.

Six mois après, les deux époux recommencèrent leur querelle à propos de la fameuse partie de bouillotte, à la suite d'une conversation où il avait été question du général, et dans laquelle le temps écoulé depuis son départ avait fait juger à l'un et à l'autre la discrétion superflue. La dis-

pute s'échauffa au point que madame C...-
V..., poussée à bout, finit par dire à son
mari :

— Enfin, monsieur, comment voulez-
vous que je vous croie, puisque c'est avec
moi que le général a passé ces deux nuits ?

Après avoir laissé échapper ces mots,
la pauvre femme crut être à sa dernière
heure. Mais C...-V..., qui était sûr de son
fait, recommença ses bienheureux éclats
de rire. Il raconta la chose à tout Milan,
disant à qui voulait l'entendre :

— Comprend-on jusqu'où va l'entête-
ment de ce sexe maudit? Voilà ma femme
qui, pour avoir raison sur moi, en est venue à me dire qu'elle m'a fait...

M. et madame C...-V... se seraient fait
rompre le cou plutôt que de démordre de
leur opinion.

Croyez donc après cela aux témoignages

les plus formels ! Ne voilà-t-il pas des jurés
bien avancés devant un interrogatoire
ainsi bâti :

D. Qu'a fait monsieur un tel dans la
nuit du 10 au 11 ?

R. (du mari). Il a joué avec moi à la
bouillotte depuis dix heures du soir jusqu'à six heures du matin.

D. Qu'a fait monsieur un tel dans la
nuit du 10 au 11 ?

R. (de la femme). Il a couché avec moi
depuis dix heures du soir jusqu'à six heures du matin.

Et ni l'un ni l'autre ne sont de faux témoins ! Et l'un, entendant l'autre affirmer avec serment un fait contraire à celui
qu'il vient lui-même d'affirmer avec un
serment semblable, croit, en conscience,
que celui qui n'est pas d'accord avec lui est
parjure ! ni l'un ni l'autre n'est parjure,

puisque l'un et l'autre croient fermement avoir dit la vérité ; mais l'un des deux se trompe infailliblement. Pourquoi tous les deux ne se tromperaient-ils pas? Quel ridicule orgueil a proclamé l'infaillibilité humaine? A-t-on donc oublié cette condition de notre nature : ERRARE HUMANUM EST?

Ce n'est pas ici un cours de droit public que je prétends faire ; mais nous vivons dans un milieu où l'on se heurte à chaque pas contre une imperfection, et il est bien difficile qu'à chaque pas aussi, des plus frivoles aventures ne naissent pas d'utiles réflexions.

Cette femme et ce mari, convaincus chacun de leur côté d'un fait dans lequel tous les deux ont été acteurs, et convaincus d'une manière différente, m'ont fait penser malgré moi à ces assertions de témoins qui

affirment sous la sainteté du serment, et
dont la parole fait quelquefois tomber une
tête. Certes, d'une histoire plus ou moins
burlesque voici sortir un bien grave en-
seignement, et quand une pareille pensée
arrive, il y a bien de quoi arrêter le rire
sur les lèvres. Sans doute le cas est rare
où un homme se croit assez sûr de son
fait pour attester devant Dieu et devant la
justice qu'il est sûr de ce qu'il avance, dût
son serment coûter la vie à un autre
homme. Mais ce qui est moins rare (sans
doute parce qu'il n'y a pas mort d'homme),
ce sont les assertions faites avec un aplomb
écrasant par les plus honnêtes gens du
monde, car je ne parle pas des calomnia-
teurs. Que de fois, devant ce grand et
inexorable jury que l'on nomme la société, ne voyons-nous pas attester une
chose de nature à faire le plus grand tort,

et cela par des hommes qui devraient être
d'autant plus sobres de pareilles assertions que leur parole ne peut être révo-
quée en doute, et qu'ils savent que l'on est
convaincu qu'ils ne parlent que d'après
leur conscience ! Que d'honnêtes gens ont
causé des maux irréparables par ce témoignage gravement donné : ceci est un fait !
c'est un fait pour vous peut-être : vous
croyez à la vérité de vos paroles, et vous
aimez mieux (oui, les plus honnêtes gens),
vous aimez mieux laisser se produire les
conséquences de votre témoignage hasardé, que de plier votre orgueil à avouer
que vous vous êtes trompés !

Assez de morale comme cela, n'est-ce
pas, mes belles lectrices ? Hélas ! je crois
que vous avez raison, car le genre hu-
main, ou du moins la société telle qu'elle
s'est faite, ressemble assez à cet entêté qui

n'a pas d'autre raisonnement à opposer aux arguments pleins de sens qu'on lui donne, sinon :

« Preschez et patrocinez d'icy à la Pen-
« tecouste, enfin vous serez esbahy com-
« ment rien ne m'aurez persuadé[1]. »

Parlons donc d'autre chose ; c'est folie de s'égosiller pour rien.

Ce capitaine R... qui prenait si convenablement la place de son général, et qui était du reste un excellent militaire, finit par devenir colonel, et même quelque chose de mieux. Mais, juste retour des choses d'ici-bas ! il en avait tant fait, tant fait ! que son tour arriva un beau jour, et que, marié lui-même, il fut, sans qu'il y manquât aucune formalité, ce que

---

[1] Rabelais au chapitre v du IIIᵉ livre de *Pantagruel* : Molière, dans l'*École des Maris*, a imité ce passage presque mot à mot.

tant de maris avaient été de son fait.

Madame R…, sa blonde épouse, épuisa toutes les manières de tromper un mari. Un des meilleurs tours qu'elle imagina rappelle quelque peu l'aventure de Milan, dont le capitaine R… était le héros. Comme dans la première anecdote, on verra dans la seconde l'amitié et le dévouement venir en aide à l'amour. Il est vrai de dire que, de la part d'une des complices de cette tromperie, le dévouement peut être regardé comme respectable, puisque l'amour fraternel en était le principal mobile.

M. R…, parvenu au grade de colonel et marié à une riche héritière, aurait été l'homme le plus heureux du monde si d'affreuses douleurs résultant d'anciennes blessures, des rhumatismes cuisants, ne l'eussent rendu vieux avant l'âge. Les mé-

decins lui ordonnèrent les eaux miné-
rales, et il alla passer une saison aux
eaux de Bagnères.

Sa femme l'accompagna. Madame R...
était une grande personne blonde et rose,
svelte et souple comme un jonc, dont l'é-
paisse chevelure, fine comme de la soie,
excitait l'admiration des moins enthou-
siastes par son abondance vraiment prodigieuse, signe distinctif des natures ar-
dentes et vigoureusement organisées. Sans
avoir rien de rude ni de masculin, la voix
de madame R... était pleine et sonore, et
la rondeur des sons graves de cette voix
s'harmonisait merveilleusement avec les
autres signes caractéristiques qui étaient
le gage que l'homme aimé d'une pareille
femme en serait bien et solidement aimé.
Il faut convenir qu'un mari endolori de
rhumatismes n'était guère le fait d'une

femme comme madame R... : elle s'avisa
sans doute de faire cette réflexion philo-
sophique, car il y avait à peine six mois
qu'elle était mariée que l'ex-Lovelace n'a-
vait plus rien à envier aux maris ses anciennes victimes.

Comme cela arrive toujours à ces roués
émérites, M. R... ne se doutait pas de
son sort. « Ce n'est pas à moi que l'on en
ferait accroire, disait-il dans son orgueil-
leuse confiance en son expérience, j'en ai
tant vu ! »

Et le pauvre homme ne se doutait guère
qu'il n'en avait pas encore assez vu pour
échapper au sort commun, et que le dernier qui avait été minotaurisé de sa façon
était lui-même ; il avait clos sa longue
liste à la don Juan par son propre nom,
en le signant sur le terrible registre de
l'état civil.

Madame R... accompagna donc le colonel aux eaux de Bagnères. On sait combien l'on est les uns sur les autres aux eaux pendant la saison. M. R..., qui avait un ami dans le pays, lui écrivit pour le charger de lui retenir un logement.

L'ami, qui était cependant un bel esprit du cru, aurait pensé faire injure au cher colonel s'il avait loué un logement où madame R... eût été séparée de son mari. On était du reste un peu à court de place : la foule s'était donné rendez-vous à Bagnères cette année-là, et quand les époux arrivèrent, madame R... fit une assez piètre grimace en voyant le logement dans lequel elle allait être condamnée à vivre deux mois.

Ce qui lui était le plus pénible, c'était l'existence d'une seule chambre à coucher. D'abord elle n'en témoigna que de l'hu-

meur; mais bientôt certaines circonstances
changèrent cette humeur en une véritable
colère.

Ces circonstances, en effet, étaient de
nature à l'indisposer plus que jamais contre l'imprévoyance de l'ami qui avait été
chargé de louer le logement du colonel.
Madame R... avait rencontré aux eaux une
ancienne amie de pension.

— Oh ! les amies de pension ! Lorsque je
me marierai, si j'épouse une femme qui
aura été en pension, puisse-t-elle ne s'y
être fait que des ennemies ! —

Madame R... avait donc rencontré à Bagnères une amie de pension qu'elle avait
très-peu revue depuis son entrée dans le
monde, mais qui lui parut tombée du ciel
tout exprès pour la chaperonner et lui
donner la liberté d'aller où bon lui semblerait sans son mari, ou, ce qui n'était

pas moins important, pour lui donner la faculté de prendre sa volée sans trop de scandale, l'amie poussant le dévouement jusqu'à tenir compagnie au colonel perclus.

Madame de L..., l'amie de pension, était veuve ; elle était venue aux eaux, comme tant de gens qui se portent à merveille, pour se divertir, et elle était accompagnée de son frère, M. de la S..., qui était un fort aimable et fort beau garçon, et qui donna tout d'abord dans l'œil à madame la colonelle.

M. de la S... et sa sœur, par un de ces hasards qui n'ont rien de bien extraordinaire dans un lieu où les hôtes de passage sont entassés les uns sur les autres, habitaient la même maison que le colonel et sa femme. Madame R... montait à cheval avec le frère de son amie, et il n'y avait pas huit jours qu'elle était à Bagnères, que le beau M. de la S... était en possession du soin de la consoler des infirmités du colonel.

Une nature comme celle de madame R... ne connaît pas d'obstacles. Elle trouva on ne peut plus gênantes les précautions que la convenance lui imposait, et elle résolut, puisqu'elle avait un amant, de l'avoir tout à fait et comme elle comprenait seulement que l'on eût un amant; pour tout dire en un mot, elle décida que, dans le courant des vingt-quatre heures dont se compose une journée, à la clarté du soleil ou à celle de la lune, quel que fût le moment où il lui plairait de voir M. de la S... en particulier, elle s'en passerait la fantaisie.

Madame de L... était la meilleure personne du monde. Elle avait beaucoup d'a-

mitié pour madame R...; mais elle aimait
surtout tendrement son frère, M. de la S...
Elle frémit quand elle vit les imprudences
auxquelles la passion de son amie pouvait
la porter, et les conséquences qu'elles
pourraient avoir. M. R... n'était pas encore assez impotent pour ne pas tirer satisfaction d'un outrage qui l'eût rendu ridicule. La bonne madame de L... trembla
pour son frère, et se mit à chercher dans
sa cervelle quelque moyen de concilier
la fougueuse passion de madame R... et
les apparences.

Un jour qu'elle se promenait à cheval
avec son amie, celle-ci, qui depuis un grand
quart d'heure n'avait pas proféré une parole, s'écria tout à coup, en sanglant un
coup de cravache à sa monture, qui n'en
pouvait mais :

— C'est odieux! Comprend-on rien

d'aussi bête que cet animal de M..., qui nous loue une seule chambre pour moi et le colonel?

Madame de L... sourit; elle prévoyait ce que cette réflexion allait amener, et elle commençait à concevoir un projet qui ne pouvait manquer de plaire à madame R...

— C'est une chose intolérable! continua la femme du colonel, que d'être jour et nuit sous une surveillance aussi gênante. Aussi mon parti est pris; je suis bien déterminée à m'y soustraire. J'aime ton frère à la folie, et la première fois qu'il me passera par la tête de causer avec lui, je ne me gênerai pas, quelque heure qu'il puisse être.

— Mais si cette belle idée te prenait à deux heures après minuit?

— Eh bien! j'irais voir ton frère à deux

heures après minuit! crois-tu donc qu'il me fermerait sa porte au nez?

Madame de L... ne put s'empêcher de rire de la naïveté de cette femme que la passion aveuglait au point qu'elle oubliait ce que pourrait dire son mari.

— Raoul ne te fermerait pas sa porte au nez, dit madame de L...; mais il me semble qu'il y a quelque autre chose à redouter d'une pareille expédition.

— Peu m'importe! dit madame R... Quand je veux une chose, je la veux résolument; et je te déclare que mon parti est pris.

Madame de L... savait à quoi s'en tenir à cet égard : il lui était démontré que rien au monde ne ferait revenir madame R... à des idées de prudence. Elle prit donc aussi son parti, et dit à sa folle amie :

— Et si je te proposais un moyen de tout concilier, que dirais-tu ?

— Je dirais que tu es mon ange tutélaire ! Parle, parle ; je meurs d'impatience !

—D'abord, dit madame de L... en rougissant un peu, car il s'en fallait qu'elle fût aussi avancée que madame R..., d'abord dis-moi si tu es jalouse de ton mari ?

Madame R... ne répondit que par un éclat de rire infiniment prolongé. Quand elle eut ri à son aise, elle demanda à madame de L... ce qu'elle avait pu entendre par ces étranges paroles.

— Je vais te le dire, reprit celle-ci : je vois, à l'effet qu'a produit sur toi ma question, que tu n'es pas jalouse du colonel. Mon frère m'a raconté il y a quelques jours une histoire que M. R... lui avait dite le matin même. C'est une aventure

qui lui est arrivée à Milan : il a été à un
rendez-vous d'amour à la place du général
M..., dont il était alors l'aide-de-camp.
Cette histoire a fait naître en moi la pensée
que l'on pourrait en profiter dans la circonstance présente. Il faudrait qu'une personne à peu près de ta taille et de ta tournure prit ta place pour quelques heures à
côté du colonel. Pendant ce temps, tu
pourrais t'absenter sans danger...

— C'est on ne peut plus facile, dit vivement madame R..., dont les yeux bril-
lèrent d'un éclat inaccoutumé ; nous n'a-
vons jamais de lumière dans notre chambre à coucher.

— C'est à merveille ! dit madame de L...
un peu confuse de ce qu'elle allait avoir
à dire.

— Oui, continua Madame R... ; mais à
qui se fier pour une pareille chose ! où

trouver une femme qui soit assez de ma
taille pour que l'illusion soit possible?

— J'avais pensé, dit la sœur de M. de la
S... en rougissant jusqu'au blanc des yeux,
que... si tu voulais,... j'étais à peu près de
ta taille...

— Toi! s'écria madame R... en redou-
blant ses éclats de rire ; ah! ma pauvre
enfant!

— Pour mon frère et pour toi, ajouta
madame de L..., je me risquerais.

— Mais, ma pauvre amie, y penses-tu?
s'il se réveillait!

— Je ferai semblant de dormir et je me
mettrai la tête sous l'oreiller.

— Mais, poursuivit madame R... avec
un accent de pitié qui n'était point jouée,
s'il s'avisait...

— Comment! s'écria avec effroi madame de L..., un homme perclus?

— Mon Dieu! reprit madame R..., il a des jours de répit; et ce n'est pas ce qu'il y a de moins odieux dans ma position!

— En effet, dit à voix basse et comme atterrée l'obligeante madame de L..., il faudrait bien du dévouement!

Madame R..., pour qui l'imprudente proposition de madame de L... aurait été la réalisation de toutes ses espérances, se rattacha à ce mot de son amie.

— Oui, dit-elle en faisant approcher son cheval de celui de madame de L..., ce serait un grand dévouement; mais aussi un dévouement dont ton frère et ton amie t'auraient une grande reconnaissance.

Madame de L... était pensive.

A un détour de la route, un jeune homme à cheval se présenta devant les deux amies : c'était Raoul de la S...

— Raoul, s'écria madame R..., votre

sœur est un ange ; remerciez-la bien vite et écoutez-moi.

M. de la S… s'approcha d'elle. Madame R… se pencha vers son oreille, lui dit vivement quelques mots, lui montra madame de L… qui paraissait absorbée dans ses réflexions, puis, appliquant un vigoureux coup de cravache à son cheval, disparut aux yeux du frère et de la sœur, et reprit la route de Bagnères.

Le soir elle eut avec Raoul et son amie une longue conférence ; et le lendemain, pendant que M. R… dormait du sommeil du juste, madame R… se levait sans bruit, cédait à madame de L… sa place dans le lit conjugal, et montait à l'étage supérieur donner et goûter un bonheur défendu.

Certes, elle dut avoir de la reconnaissance pour sa complaisante amie, et M. de la S….. dut savoir gré à sa sœur de ce

qu'elle faisait pour lui ; car, le lendemain
de cette substitution frauduleuse, madame
de L... avait une figure vraiment désespérée quand elle leur dit à tous les deux
en leur serrant la main :

— Oui, remerciez-moi, c'est du dévouement ; tu ne sais pas, Raoul, ce que
tu dois à ta pauvre sœur.

Madame R..., qui savait mieux que
M. de la S... à quoi s'en tenir à cet égard,
embrassa tendrement madame de L...

Il est probable que, pendant la présence subreptice de madame de L..., les
douleurs du colonel l'avaient abandonné.

Pauvre femme !

Cette madame de L... aurait dû avoir
pour patronne *Cosi-Sancta*. L'amour fraternel et l'amitié la faisaient pécher plus
que son naturel, qui était plutôt doux et
indolent que dissolu ou fougueux.

M. de la S... sollicitait sous la Restauration une place assez importante. Un ministre qui jouissait alors d'une haute faveur, et qui avait de bonnes raisons pour savoir ce que peut parfois la protection d'une sœur complaisante et jolie, dit à une personne qui lui parlait du candidat :

— M. de la S...? Mais il a une sœur qui est charmante, dit-on : pourquoi ne sollicite-t-elle pas pour lui? Que diable! quand on est jeune et jolie, et que l'on veut faire quelque chose de son frère, on prend la peine de venir demander soi-même ce que l'on désire.

Le protecteur, qui n'était pas beaucoup plus moral que le ministre, répéta ces paroles à madame de L... Elle n'y entendit pas finesse, et le lendemain elle demanda une audience au comte.

Le ministre assigne un rendez-vous, et
reçoit la jolie solliciteuse avec cet air d'af-
fabilité qu'il sait si bien prendre quand il
veut faire l'aimable. Il n'a rien à refuser à
une aussi jolie personne; mais combien
il serait heureux si elle lui avait quelque
reconnaissance, et surtout si elle voulait
la lui prouver? Madame de L... ne répond
pas grand'chose à ces paroles assez significatives; mais le comte crut s'apercevoir
qu'elle ne serait pas ingrate. Elle est assez
jolie pour que l'on fasse un passe-droit en
sa faveur. Le comte sonne et se fait apporter le travail sur l'emploi vacant solli-
cité par M. de la S...

— Voici le travail que je dois soumettre
au Roi, dit le comte; voyons ce que l'on
y dit de votre frère.

Quatre noms figuraient sur le travail.
Le premier est accompagné d'une note qui

doit infailliblement attirer l'attention du Roi, et assurer la place au candidat ainsi recommandé. Les deux suivants portent en marge l'indication d'apostilles mises sur leurs demandes par des personnages plus ou moins influents. Enfin, le nom de M. de la S... est accompagné de cette ligne :

— N'a aucuns droits ; — a servi sous Bonaparte.

Madame de L... sent ses yeux se remplir de larmes. Pourtant elle a le courage de désigner le nom du premier candidat et de dire au ministre :

— Mais celui-là aussi, monsieur le comte, a servi sous Bonaparte.

— Madame la duchesse de..., qui m'a fait l'honneur de me parler pour lui, dit le comte, paraît s'intéresser beaucoup à cette nomination ; et je vous avoue que je l'ai presque promise... à ses beaux yeux.

Madame de L... leva languissamment
sur le ministre des yeux non moins beaux
que ceux de la duchesse, et sembla lui dire
qu'ils ne demandaient pas mieux que de
mériter le brevet tant désiré.

Il est probable que les yeux de madame
de L... l'emportèrent sur ceux de la duchesse, car le comte sonna une seconde
fois, rendit le mémoire avec ordre de le
refaire, après l'avoir modifié par la recommandation suivante placée à la marge en
regard du nom de M. de la S... :

« Mettre ce nom sous le n. 1, avec la
« même note que celle qui accompagnait
« le n. 1 actuel. — Laisser les trois autres
« noms sans note. »

Huit jours après, le *Moniteur* contenait
dans sa partie officielle la nomination de
M. de la S...

La duchesse jetait feu et flammes et jurait que le ministre était un polisson à qui elle ferait couper les oreilles.

Madame de L..., comme Cosi-Sancta, oubliait le péché pour ne penser qu'au bonheur qu'elle avait donné... à son frère.

TABLE DES CHAPITRES

CONTENUS DANS LE CINQUIÈME VOLUME.

FIN DU TOME V.

www.ingramcontent.com/pod-product-compliance
Lightning Source LLC
Chambersburg PA
CBHW050143030726
47505CB00005B/1210